왕조의 아침

김경록 대체 역사 소설

왕동의아침

4

풍로(風露)의 북행(北行)

뿔미디어

목차

제21장
가을바람 북으로 나비끼고

가을의 찬연한 햇살이 남해의 군도 사이로 비껴 떨어지고 있었다.

오저군은 광안포 한쪽에 만든 자신의 공방에서 우두커니 앉아서 낙조(落照)를 바라보고 있었다. 일렁이는 파도들 위로 바람이 비껴가며 포말을 일으키고, 지는 해가 바다와 뭍이 만나는 서쪽 언덕 위로 붉은 그림자를 드리우는 풍광은 몸에 부딪혀 오는 가을바람만큼이나 스산했다.

"무슨 생각을 그리 하십니까?"

오저군이 하염없이 바다를 보는 와중에 익숙한 목소리

가 들려왔다. 무심코 목소리 쪽으로 돌아보니 김유회가
사람 좋은 웃음을 지으며 서 있었다.

"아, 김 행수 오셨소?"

"슬슬 날도 저물고 하니 술잔이나 한잔 기울여 볼까
해서 찾아 왔습니다. 11월에는 다시 천주로 출항을 하실
터이니 그전에 맘껏 이야기나 나누어 두어야지요. 밤늦
게 정 호장께서도 찾아오신다고 하셨습니다."

"뭐하러 이런 빈한한 데까지……."

"마음이 편치 않으실 것 같아서 술과 농담으로 위로를
해 드리려 왔지요."

김유회는 껄껄 웃으며 공방 옆에 딸린 오저군의 방문
을 열었다. 가을 동안 머물다 갈 생각으로 지은 곳이라
허름했지만, 그래도 지내는 곳에서는 사람의 품성이 드
러나는 법이다. 정갈하게 정리된 방 안에는 왕골 돗자리
하나만이 깔려 있었고, 그 외에는 잘 개어져 한쪽 벽에
놓인 이부자리와 의관이 전부였다.

"그렇잖아도 일이 뜻대로 풀리지를 않아 심히 답답하
던 차이긴 했습니다."

"오 행수의 탓이 아니니 너무 심려치는 마십시오."

오저군의 말에 김유회가 고개를 저었다.

그는 감싸 안고 온 술병을 바닥에 내려놓고 저포로 막아 놓은 구멍을 열었다. 알싸한 주향(酒香)이 좁은 방 안에 퍼졌다.

"내올 안주가 없어서 이거 어쩝니까."

술 향기를 코로 훔쳐 맡아 보고서 오저군이 멋쩍게 웃었다. 김유회는 손을 내저었다.

"아니, 뭐 꼭 주전부리가 있어야 하는 것은 아니지요. 술은 술대로 마시면 좋을 일입니다. 나중에 정 호장께서 찾아오실 때 뭐라도 가지고 오실 겁니다. 일단은 한 모금 들이켜 보시지요."

김유회가 함께 챙겨 온 청자 잔을 하나 오저군 앞으로 내밀고서는 그 안에 술을 따랐다. 말간 청주를 기대했던 오저군은 노란 빛의 술이 떨어지며 시큼한 과일향이 풍겨 나가자 깜짝 놀랐다. 그는 따라진 술을 한 모금 들이켜 보았다.

"과일주 아닙니까."

"실은 유자청을 담가 두었던 것이 술이 된 것들이 있어서……. 혹시나 하고 마셔 보았더니 맛이 좋더군요."

"정말 그렇습니다. 맛이 실로 좋군요."

오저군은 감탄하면서 남은 술을 마저 입안에 털어 넣

었다. 쌉쓸한 술 맛과 함께 달콤한 유자향이 입안에 머금어지는 것이 달콤하기 그지없었다.

"유자청을 차로만 달여 먹었는데 술로 재워 두었다 먹어도 나쁘지 않겠습니다."

"당을 좀 덜 넣으면 쉽게 술이 되는 듯합니다."

"개경에 올려 보내 팔아도 나쁘지 않을 성싶습니다."

"언제 한 번 주군께 여쭈어 보아야겠군요."

김유회는 이제 숫제 정민을 주군이라 칭하고 있었다. 그것은 오저군도 매한가지였는데, 그들은 사실상 자신들을 정민의 가신으로 여기고 있는 것이다.

"그나저나 공방의 일은 언제 다시 시작하려 하십니까?"

오저군은 김유회의 물음에 술잔을 다시 한 번 털어 넘기고 미간을 살짝 좁혔다. 일전의 일만 생각하면 마음이 착잡하게 무거워지는 그였다.

일이 터진 것은 사흘 전이었다.

천주에서 돌아온 다음에 화약을 만들어 보겠다는 생각을 품은 오저군은, 정민의 응낙을 얻고서 동래로 내려와 광안포 한쪽에다가 화약을 제조할 공방을 하나 지어 올렸다.

그러나 그 재료만 알 뿐 화약의 만드는 비법이라고는 알 도리가 없으니 처음부터 고생길은 훤한 노릇이었다.

원료를 잘못 배합하거나 해서 사람이 다칠 뻔한 적이 여러 번이었다. 더군다나 초석이나 유황 따위는 구하기도 어려울 뿐만 아니라 비싼 재료라 나가는 돈도 만만치 않았다.

정민으로부터 직권을 얻어서 돈을 쓸 수 없었다면 한 달도 가지 못해 예산이 떨어져 더 이상 공방을 굴릴 수 없을 상황이었다.

그래도 여차저차 일이 어떻게 굴러가나 했더니, 결국 사달이 터지고야 말았다. 나름 철소(鐵所)에서 주물을 오래 해 본 사람이라고 하여 그 집에 소 하나를 사 주고 불러온 장인 하나가 잘못 배합한 화약이 터지는 바람에 그만 목숨을 잃고만 것이었다.

애초에 불과 금속을 다루어 보았다고 할 수 있는 일이 아니었다.

화약은 화약장(火藥匠)이 아니면 제대로 만들어 낼 수 없었다. 그런데 이 고려 천지에 어디에 화약장이 있단 말인가.

그렇다고 대외비로 취급되고 있는 남송이나 금나라의

화약기술을 빼돌릴 수도 없으니 답답하기 짝이 없는 노릇이었다.

그렇잖아도 일이 잘 되어가지 않던 차에, 사람까지 죽어 나가자 더 이상 불러 모은 사람들이 일을 하려 하지 않았다.

남은 것은 노비들뿐인데 그들만으로는 공방을 굴릴 수는 없었다. 이런저런 진퇴양난에 빠져서 오저군은 잠시 공방의 문을 닫아걸고서 며칠을 그냥 흘려보내고 있던 차였다.

"글쎄요……. 다시 시작을 할 수 있을는지."

"그래도 주군께서 많이 기대를 하시는 일이 아닙니까. 재촉을 하시는 것도 아니니 천천히 시간이 걸리더라도 성과가 날 때까지 노력은 해 보아야지요."

"그게 말처럼 쉽지가 않습니다. 또 몇 명이 죽어 나가야 겨우 쓸 만한 걸 하나 배합해 내게 될지."

오저군의 우려는 진심이었다. 그는 그 철장(鐵匠)이 터진 화약에 팔다리가 너덜너덜해져 죽게 된 것을 제 눈으로 똑똑히 보았다. 자신조차도 그런 일이 언제 터질지 불안한데, 항상 그것을 배합하고 시험해 보는 장인들이야 어떻겠는가.

하다못해 이런 일에 경험이 있고 노련한 사람이 하나만 있다고 하더라도 믿고 감독을 맡길 터인데, 오저군이 아무리 수배를 해 보아도 고려에서 그런 기술을 가지고 있는 사람은 찾을 수 없었다.

그러니 이런 식으로 맨땅에 머리를 부딪치듯이 처음부터 작업하는 게, 도무지 쉬운 일이라고는 할 수 없었다.

"이거 늦었소이다. 먼저들 자시고 계셨소? 내가 같이 먹고자 닭 한 마리를 잡아다가 고아 왔소."

오저군이 잠시 공방 문제로 덩그러니 놓인 술잔만 보며 지끈거리는 머리를 부여잡고 있을 때, 방문이 열리고서 익숙한 얼굴 하나가 모습을 드러냈다.

바로 정명해였다.

이들 가운데 가장 연배가 어린 사람이었으나, 동래 정씨 일문의 권속(眷屬)이자 동래의 호장직에 있는 만큼 장사치 출신인 오저군이나 김유회와는 신분이 다른 사람이었다.

때문에 정명해는 이 둘에게 반공대만을 하고 있었다. 그러나 그것이 고려의 법도인 일이니 그러한 상황을 이들 가운데 누구 하나 불편하다고 생각하는 사람은 없었다.

"오셨습니까?"

"무슨 이야기들 나누고 계셨소?"

"일전의 그 일이지요."

김유회의 말에 정명해가 고개를 끄덕이며 자리에 앉았다. 백숙을 풀어 놓고서 다리를 뜯어다가 오저군의 앞으로 밀어 주고는 정명해가 입을 열었다.

"그 일로 오 행수도 심려가 많을 터인데, 내 오늘 전하기 난망한 소식을 하나 가지고 왔소."

"무엇입니까?"

"주군께서 금나라로 가는 사행(使行)에 끼어 중도(中都)로 가게 되셨다 하오. 오늘 개경에서 서간이 내려왔소."

"중도로 말씀입니까?"

정명해의 말을 듣고서 오저군의 눈이 둥그레졌다.

"그렇소. 서간에 자세한 내용이 없어 전말을 모두 알기는 어려우나, 보아하니 조정에서 우리 일문을 견제하고자 농간을 좀 부린 듯하오. 이번 사행이 금나라 황제가 고려를 길들이고자 무리한 요구를 해 와서 가게 된 것인 줄은 다들 알 것이오. 이런 상황에서 남는 것이 없고 책임만 쓰게 될 게 빤한 사행에 끼게 되셨으니 주군께서도 마음이 편치 않으실 것이오."

"……."

좌중에 잠시 침묵이 돌았다. 오저군은 침음을 흘리고
서는 다시 술잔을 돌리고서 정명해를 보며 허리를 숙였
다.

"주군의 사행에 따라갔으면 합니다."

"오 행수께서는 그때에는 천주에 가 계셔야 하지 않
소?"

"하 행수가 있으니 제가 굳이 함께 가지 않아도 괜찮
을 것 같습니다. 그러나 주군을 옆에서 시종할 사람은 필
요하지 않겠습니까?"

"그건 굳이 내 허락을 받지 않고도 주군께 직접 말씀
을 하셔도 될 일인데……."

"주군께서 맡겨 둔 일이 있는데 참으로 결과가 없어
송구스러워하는 말씀입니다. 부디 개경에 올라가는 답신
을 따로 맡기시지 마시고 제가 전할 수 있도록 해 주십시
오. 명일(明日)에 바로 노장을 꾸려서 개경에 올라가 보
겠습니다."

오저군의 말에 정명해가 털털한 웃음을 지었다.

"알겠소. 그야 어렵지 않은 일이오. 그런데 정말 괜찮

으시겠소? 부디 주군께서 무탈하게 다녀오시길 비는 마음이야 여기 있는 사람들이 한 가지이겠소만, 그래도 쉽지 않은 여정이 될 터인데…….”

“평생을 바다를 오고 가며 장사를 해 온 몸입니다. 뱃길이 아니라 육로로 타향을 여행한다 해도 크게 다를 것이 있겠습니까?”

“그렇게까지 말씀하신다면야.”

정명해의 말에 오저군은 허리를 다시 세우고서 다시 정명해와 김유회의 술잔을 채웠다.

“오늘 이리 소인을 위로코자 찾아들 와 주셔서 감사합니다.”

“어인 말씀입니까. 주군의 명을 받들어 일 하는 사람들끼리 서로 도와야지요.”

김유회의 말에 오저군은 마음이 조금 편해진 듯, 그제야 얼굴이 좀 밝아졌다.

그러나 이들에게 털어놓지 않은 복심(腹心)이 오저군에게는 있었다.

자칫하다가는 크게 문제가 될 수 있는 일이라 조심스러운 것이 사실이었다. 그러나 그럼에도 불구하고 오저군은 이번 사행에 따라가 꼭 하고자 하는 바를 해내야만 한다는 생각이 가득했다.

그것은 다름이 아니라 금나라에서 어떻게든 화약장을 찾아서 고려로 데리고 들어오는 것이었다. 혹여 그것이 어렵다면 천금을 주고서라도 그 기술을 받아 적어서라도 올 생각이었다.

물론 정민의 허락이 떨어진다는 전제하에 하려는 일이지만, 지금 오저군은 다른 것이 눈에 들어오지 않는 상황이었다. 돈을 버는 것도 좋으나, 오저군은 그날 천주에서의 벼락과 같이 터지던 폭죽이 머릿속에서 몇 달이고 지워지지 않아 잠을 이루기가 어려웠다.

어떻게든 그 기술을 얻어 보고자 고생을 하다가 결국 엄한 사람을 황천으로 보내고 말았다. 이러한 상황에서 여기서 주저앉는다면 아무런 성과 없이 시간과 돈, 그리고 사람의 목숨만 덧없이 날리게 되는 셈이었다.

'그렇게 두어서는 안 되는 일이다.'

오저군은 마음을 다잡았다.

기약 없이 이곳 공방에 눌러 앉아 있을 것이 아니라 개경에 올라가 정민을 따라 금나라로 가는 사행에 참여할 것이라고, 그렇게 오저군은 마음속으로 되뇌고 있었다.

❖ ❖ ❖

"해동청 고작 다섯 마리에 노비 계집 열 명을 공녀로 삼아서 금나라 황제에게 바치라는 것은 목을 씻어 놓고 나를 베어 주시오 하는 소리 아닌가?"

정서는 술이 올라 불쾌한 채로 못마땅하다는 심기를 숨기지 않고 방바닥을 손으로 두드렸다.

마음이 편치 않고 불안한 것이다. 어떻게 복권되어 올라온 개경이었던가. 짧은 기간 궐전에서 내쳐져 동래에서 절치부심하던 때가 아직 머릿속에서 잊히지 않았다. 그런데 이제는 무슨 연유에서인지 임금이 자신의 아들을 사절단에 끼워 보내겠다고 하는 것이다.

정민의 이름이 거론되기 시작했을 때 정서는 이 일을 막을 방법이 없다는 사실을 일찌감치 깨달았다.

진봉사는 오는 9월이 밝아 올 즈음에는 개경을 떠나 한 달여를 꼬박 육로를 걸어 10월 초하루에는 금나라 도읍 중도에 도달해야 했다.

벌써 음력 7월 말이니 이제 진봉사가 출발하기까지 한 달 남짓 남은 셈이었다. 이렇게 급히 서두르는 것에는 금나라의 압박도 있겠거니와 더불어 궁중 내의 암투가 영향을 끼친 것이 틀림없다.

문제는 정서조차 자신의 가문을 노린 이 진봉사 인선이 어디서 꾸며진 일인지 알 도리가 없다는 것이었다.

"너무 걱정하지 마십시오. 책임질 자리로 따라가는 것은 아니니 큰일 없이 잘 다녀올 수 있을 것입니다."

근심이 가득 붙어 있는 정서의 얼굴을 보다 못해 정민이 입을 열었다. 그러나 정서는 아들의 말이 귀에 들어오지 않았다.

"너는 너무 지금 상황에 대해 태평하다."

정서는 한숨을 푹 내쉬고서 말을 이었다.

"네가 분명히 명석하고 총명하기는 하다마는, 이 개경에서 벌어지는 음모는 머리가 뛰어난 자들이 이기는 것이 아니야. 간교하고 더러운 자들이 우위를 점한다. 장기나 바둑 같은 규칙도 없고, 말이나 바둑돌을 번갈아 가며 두는 예의도 없단 말이지. 무슨 말인지 알겠느냐? 우리는 지금 우리를 향해 누군가 말을 두고 있는데, 그것이 어디로 움직이는지도 모르고, 얼마나 드세게 두고 있는지도 전혀 모른다는 말이다."

"……."

정민 나름대로도 생각이 복잡했다.

징시가 끽낑하는 바를 노르는 바는 설대 아니었다. 다만 그로서도 어디서부터 일이 진행되고 있는지는 알 도리가 없다는 것이 문제였다.

사실 정민은 아직까지는 개경에서 벌어지는 정치에는 양부 정서의 관록에 많이 의지하고 있었다. 머리가 좋다고는 하지만 이제 막 개경 생활에 적응한 그였다. 두 세기를 넘게 치열한 암투를 겪어 오며 여기저기 뿌리 내린 권문귀족들의 역학관계를 한 손에 놓고 파악하기까진 아직 경험이 부족했다.

"왕광취, 백선연, 이자들이 직접 주도한 일은 아닐 것이다. 무비도 아직까지는 우리를 직접적인 위협으로 느끼지는 않아."

"저도 그것이 의문이었습니다. 왕광취나 백선연이 간신배들이기는 하나 송악산 사건으로부터 이제 1년, 아직까지 서로가 척을 지기에는 시간이 충분히 여물지 않았지요."

"그렇다. 그러나 그들이 누군가를 위해 봉사를 시작했다면 이야기가 다르지."

정서는 술상을 물리게 하고나서 나무토막 몇 개를 서

안(書案) 위에 올려놓았다. 열 개 쯤 되는 나무토막 가운데 하나만이 박달나무로 아무 글자가 적혀 있지 않았으며, 나머지에는 각기 초서(草書)로 무어라 글자들이 적혀 있었다.

정서는 그 가운데 아무 글자도 쓰이지 않은 박달 나무 토막을 가운데에 세워 놓고서 그것을 가리키며 입을 열었다.

"이것이 임금이라 하자."

그리고서 그는 임금을 나타내는 토막의 옆에 태후(太后)라고 쓰인 토막을 놓았다.

"그리고 태후마마이시다. 너는 이분의 집안이 어디인지 아느냐?"

"어찌 모르겠습니까. 정안 임 씨가 아니시었습니까?"

정민의 말에 정서는 고개를 끄덕였다. 그는 술을 한 모금 벌컥 들이키고서는, 다시 정안 임(定安林)이라고 쓰인 토막을 태후의 바로 곁에 놓았다.

"자, 이제 토막이 세 개 놓였다. 어미와 아들과 외가이다. 그런데 오래지 않은 옛날에 그런 일이 있었다. 여기서 아들을 선왕(先王)으로 놓고, 어미를 이 씨(李氏)라 하고 외가를 인주 이 씨(仁州李氏)라고 해 보면 무슨 상황인지 짐작이 갈 것이다."

정서가 말하는 것은 다름 아니라, 대대로 국왕에게 자기 가문의 여식을 시집보내어, 심지어 이모와 조카 사이의 국혼(國婚)까지 하게 만들어 가며 권력을 자신의 가문에 집중시켜 온 인주(仁州, 現 인천광역시) 이 씨의 이야기였다.

누구나 잘 아는 대로, 결국에 이자겸(李資謙)은 모든 권력을 잃고 쫓겨나고 결국 그 가문은 권력에서 축출되었다.

선대인 부왕(父王) 인종(仁宗)이 이자겸을 몰아내고 외척을 배제해 결국 왕권을 정상화시킨 내력을 알고 있는 임금은 등극 직후로부터 그것에서 무언가 배우고자 했다.

"임금은 왕권을 유지하기 위해 가장 먼저 권력에서 쳐내야 할 것을 외척으로 내심 지목했음에 틀림없다. 더군다나 그 가까이에 있었던 자들이 누구이냐? 나와 최유청, 이작승 같은 이들이 아니냐. 더불어서 왕제이신 대령후 합하를 생각해 보거라. 태후폐하께서는 진즉에 공공연히 대령후께서 왕의 재목이라 하신 적이 있으셨다."

"그 결과가 바로 예전의……."

정민의 말에 정서가 고개를 끄덕였다.

그리고 태후 곁에 세워 두었던 정안 임 씨의 토막을 눕히고, 동래 정 씨의 토막 따위도 세웠다가 다시 눕혀 버렸다. 그러고는 시선을 반대쪽으로 돌려서 왕의 바로 곁에다가 첩(妾)이라고 쓰인 토막을 세워 놓고, 바로 지근거리에 환(宦)이라 쓰인 토막을 두었다.

"무비와 왕광취, 백선연 따위의 자들이다. 이들이 지금 임금의 주위를 둘러싸고 있는 것은 부정할 수 없는 일이지."

"그렇습니다."

"임금이 환관을 끼고 돌기 시작한 것은 하루이틀의 일이 아니다. 임금은 대간들을 명문대가의 목소리만을 대변한다고 생각해 좋아하지 않았지. 더군다나 대부분의 문반들은 왕권과는 원래 협력도 하지만 긴장관계가 있어 왔다. 그러나 환관들의 무리와 무신들은 그렇지 않지. 그들은 혹여 비천한 출신이라 하더라도 국왕의 신임만으로 높은 자리에 올라갈 수 있었고, 때문에 임금에게 진심으로 충성할 수 있는 자들이었다. 그러나 명문가 출신의 문신들은 그렇지 않아. 때문에 임금은 환관을 끼고 돌며 정함과 같은 자를 키웠고, 이런 일에 조정에서 자기 정적인 정안 임 씨와 나 같은 자들을 제거하기 위해 김존중 같은 이들이 협력했다. 임금은 또 천출의 무관들을 견룡군(牽龍軍)에 잔뜩 배속시켜 놓고 그들을 어여삐 여겼었는데, 이나마도 시간이 지날수록 무관들에 대해서는 점차 관심을 잃고 주위는 환관들이 가득 채우게 되었다."

정서는 씁쓸하다는 듯이 그렇게 이야기했다.

"……"

"그리고, 이것을 보아라. 박달나무를 가운데 두고 무비의 패거리와 반대편에는 태후폐하가 계신다. 그런데 다시 그 측근들이 복권되었다고 하나 태후께서는 임금과의 사이가 여전히 좋다고는 할 수 없으시다."

"이 상황에서는 아무리 태후마마께서 아무리 권세가 높으시다 하더라도 균형이 잡혀 있지 않군요."

"잘 보았다. 사실 태후폐하의 어심(御心)이 금상에게는 그다지 중하게 여겨지지 않는 것이 확실하다. 그럼에도 불구하고 이제껏 어느 정도 균형이 잡혀 왔던 것은……"

정서가 잠시 말을 멈추고 눕혀 놓았던 나머지 토막들을 주르르 세워서 태후를 가리키는 토막의 주위에 늘여 세웠다.

"그것은 바로 정함이 있는 동안, 권문세가들이 모두 태후와 밀접하게 서 있었기 때문이다. 바로 이렇기에 내가 정함의 음모를 사서 동래로 쫓겨나는 가운데에서도 큰 모욕을 겪지 않고 제 발로 낙향할 수 있었으며, 종래에는 김돈중과 같은 이들의 도움으로 복권을 할 수 있었다. 그러나 이제는 정함이 제거되고 그에게 놀아나던 자들도 많이 줄었으니 힘의 구도가 바뀔 수밖에. 그리고 그들은 어떻게든지 정함이 없어지는 과정에서 생긴 힘의 불균형을 다시 균형점으로 돌리려 할 것이다. 문제는 그것이 누구냐는 것이지."

그렇게 말하면서 정서는 김(金)이라고 쓰인 패를 도로 눕혔다.

"김부식의 아들들은 아닐 것이다. 이자들은 아직 우리와 갈라서기에는 같이 나누고 있는 것이 너무 많다. 물론 기회만 된다면 우리를 제거하고 자신들이 그만큼 다 차지한다면 좋겠다고 생각하겠지만, 아직 그 기회가 오지 않았음을 우리나 그들이나 잘 알고 있지."

"동경 최 씨도 아닐 것입니다."

이번에는 정민이 최(崔)라고 쓰인 패를 눕히며 말했다.

"어째서냐? 그들은 지금 자기 일족의 최여해 때문에

다 잃게 된 권세를 되찾고자 안달이 나 있을 터인데."

"임금이 일단은 반역자의 일문인 그들의 말을 듣고 지금 움직일 일은 없겠지요."

"옳다. 자, 그럼 남은 패들 가운데 어느 패가 이쪽이 아니라 저쪽으로 움직였을꼬?"

정서는 태후 쪽에 선 채로 남아 있는 나무토막들을 쏘아 보았다.

그 토막들 가운데 어느 하나가 무비와 환관 쪽으로 움직였을 것이다. 그러나 지금으로서는 여러 가문들 중에 어디가 정확히 뒤에서 암약하는지 알기는 어려웠다.

"어쩌면 하나가 아니라 다 같이 움직였을지도 모를 일입니다."

정민이 복잡한 심경이 배어나는 목소리로 정서에게 말했다. 정서는 그 아들을 잠시 빤히 바라보다가 내키지 않는 고개를 끄덕였다.

"제발 그러지 않기를 바라지만, 어쩌면 그랬을 수도 있지. 만약 그랬다면 이 일은 수성 최 씨가 도모했을 것이고, 그 중심에 우승선 최포칭이 있을 것이다."

"그자의 명성은 익히 들었습니다."

정민은 갑자기 머리가 지끈거려 오는 것만 같았다.

말이 좋아 명성이지 그가 들은 최포칭에 관련한 소문들은 하나같이 짜증나는 것들뿐이었다.

최포칭은 단순한 간신배가 아니었다. 그 자신이 귀족 가문인 수성 최 씨 출신으로 교묘한 머리를 잘 타고난 자였다.

그는 겉으로 자신을 위세하며 드러내기보다는 중요한 자리에 버티고 앉아서 남들을 움직이는 일에 보다 더 재능이 있는 자였다.

때문에 늘 권력다툼의 초점에서는 비껴 나 있었으나, 이러한 다툼이 벌어지고 판이 뒤집힐 때마다 언제나 실패 없이 더 높은 자리, 더 많은 권력으로 자연스레 나아갔다. 한마디로 배후의 물길을 움직여 손 안 대고 코 푸는 데에는 이골이 난 사람인 셈이다.

때문에 최포칭을 정적으로 삼게 되면 일이 피곤해지는 것은 당연한 것이었다.

그런데 지금의 추론이 맞다면 지금 최포칭이 노리고 있는 것은 다름 아니라 동래 정 씨 일문인 것이다.

아니, 정확히 말하자면 그 집안 출신으로 조정에 어느 정도 뒷받침이 있고 자금을 동원할 능력도 되는 정서와 정민이 그 목표라고 할 수 있겠다.

지금 이런 자와 싸워야 한다면 피곤하기 짝이 없는 노릇이 될 것이다. 정민은 그것만은 바라지 않았다.

"아니길 바라지만 그럴 가능성이 높겠지요."

"그렇다. 이제 균형이 다시 깨져 버린 것이다. 기껏 정함을 제거해서 균형추를 맞추어 놓았더니 이제 최포칭이 뒤에서 사람들을 움직여 건너편으로 넘어가 뒤에서 환관과 무비를 추동했을 것이다. 그렇지 않다면 갑작스럽게 이러한 인선이 나게 된 것을 어찌 설명하겠느냐. 이미 판이 기울었으니."

"판이 기울었다면 다시 뒤집는 수밖에요."

정민은 문벌 가문들의 토성(土姓)이 적혀 있는 토막들을 한데 쥐고서 무비 쪽으로 몰아넣은 다음, 비어 있는 쪽에다가 품에 차고 있던 장도(粧刀, 노리개 칼)를 탁 올려놓았다.

"장도는 왜?"

정서는 갑작스러운 아들의 행동에 놀라서 되물었다. 정민은 형형한 눈동자로 양부를 바라보았다.

"빈자리가 있으면 메워서 균형추를 맞추어야 할 것입니다."

"그렇다만……."

"지금 판을 뒤집을 힘을 가지고 있으면서 이 놀이에 끼고 있지 않은 이들이 있습니다."

"혹시 설마 무부(武夫)들을 이야기 하는 것이냐?"

정서가 짐작이 간다는 눈으로 서안 위에 놓은 장도와 정민을 번갈아 보며 물었다. 정민은 나직이 고개를 끄덕이면서 대답을 했다.

"그렇습니다. 이미 추가 기울기 시작하였으니 한 번에 이를 되돌리지는 못할 것입니다. 하나, 지금 이들을 우리 쪽으로 끌어 놓는다면 혹여 후일 사달이 나더라도 이들이 든든한 원군이 되어 줄 것이오, 만약 그렇지 않고 손을 놓고 있다가는 결국에 아무도 우리 주위에 있지 않게 될 것입니다."

"내가 일전에 언젠가 김돈중과 반목하게 될 때를 대비하여 정중부를 포섭해 두어야 한다고 이야기했던 것을 기억하느냐?"

"그렇습니다. 비단 상장군 정중부뿐만 아니라 무신들을 전반적으로 끌어들어야 합니다."

정민의 말에 정서가 고개를 끄덕였다.

"그래. 그들에게는 칼과 활이 있다. 대가문들의 사병들이 아무리 기세등등하다고 하지만 방군(邦軍, 나라 군대)

수만에 견주겠느냐? 품이 들고 힘이 들더라도 이제는 천천히 공을 들여 저들을 우리 쪽으로 당겨 놓아야 할 때이다. 그러나 그들이 우리의 힘을 뒷받침 해 줄 수 있는 것에는 분명히 한계가 또 있을 것이다."

무신들에게 한계가 있을 것이라는 정서의 생각은 이 시대의 문반귀족이라면 당연히 할 수 있는 생각이었다.

그러나 정민의 생각은 조금 달랐다. 그는 자신이 떠나온 곳의 역사에서 이들이 결국 종래에 어떠한 일을 벌였는지 알고 있었다.

무신들은 힘으로 세상을 뒤엎고 고려의 질서를 바꾸었다.

그것에 대한 평가는 차치하고서라도, 정민에게 중요한 것은 그들에게 지금 남들이 모르는 충분한 힘이 있다는 것이었다.

어쩌면 그들 자신들도 그러한 가능성을 아직 알지 못할 수 있겠으나 그것은 중요한 부분은 아니었다.

정민이 보기에 이미 충분히 무신들 사이에 불만은 팽배했으며, 가진 능력과 무력에 비해 하찮은 대우를 받는다는 인식이 만연해 있었다.

사실상 이미 언제고 터질지 모르는 화약고가 되어 있

었던 것이다.

"동경유수 김자양의 조카로 나와 함께 파면되었었던 김이영이 정중부의 집안과 혼인 관계이다. 그리고 내 매형인 최유청의 아들인 최당(崔璫)은 지금 중앙군의 군적(軍籍)을 담당하고 있다. 우리와 이미 무신들 사이에는 느슨한 관계가 있으니 이를 좀 더 돈독히 다지는 것은 어렵지 않을 것이다. 다만……."

정서는 잠시 고민을 하는 듯하더니 말을 이었다.

"그런데 우리가 우리만의 힘으로 그들을 손에 놓고 휘두를 수 있을지는 늘 고민해야 한다. 무부의 칼은 뽑히지 않으면 아무 쓸모가 없다. 그러나 한번 뽑히게 되면 일을 되돌릴 수 없게 된다. 그래서 함부로 그들을 쓰지 않고 세 치 혀로 정사를 해 온 것이다."

"그러나 도적을 만났을 때 휘두를 칼이 없는 것 보다는 낫겠지요. 혹 다루기 힘든 칼이라고 하더라도 말입니다."

"……그 말은 옳다."

"부디 아버님께서 이 일에 나서 주셔야 합니다. 다만, 일단은 김돈중 형제에게도 알리지 말고 조용히 하셔야 합니다."

"그렇게 해 보도록 하자."

정서의 응낙이 떨어졌다. 원래부터 정중부를 끌어들여 무신들과 점진적으로 미약한 동맹을 발전시키려 했던 정서였다. 그것이 정민의 주장처럼 좀 더 은밀하면서도 강고하게 만드는 것은 조금의 방향 선회에 지나지 않았다.

"이의민이 우리와 한 배를 이미 탔으니, 그를 통해서 천천히 임금과 무신들 사이의 동태를 감시하십시오. 그러는 사이 무신들에게 점차 영향력을 확대해 나가셔야 합니다."

"옳다."

정서가 잠시 눈을 감았다 뜨면서 고개를 끄덕였다.

"그리 길을 닦아 놓아 주신다면, 소자는 반드시 금나라 사행을 잘 매듭짓고 돌아오도록 하겠나이다."

"부디 그리되어야 할 텐데……."

밤이 깊었다. 정민은 약한 등롱의 불빛에 흔들리는 아버지의 얼굴을 보며 마음이 무거웠다. 고려에서 살아남아야만 한다는 의지가 지금의 자리까지 자신을 끌고 왔다. 그러나 여전히 이 세상은 그를 편안하게 놓아 줄 생각이 없는 것 같았다.

한 문제가 해결되면 다른 위기가 닥쳐 오는 것이다.

지금으로서는 다시 마음을 단단히 잡아 두고 앞을 향해 나아가는 수밖에 없었다. 조용히 물러갈 수 있는 뒷길은 이제 없는 것이다.

❖ ❖ ❖

수주 최 씨(水州崔氏)—삼한갑족(三韓甲族)이라 불리는 고려의 벌열(閥閱)들 가운데에서 으뜸가는 집안들 가운데 하나였다.

이 가문은 국초(國初)에 최서천(崔徐遷)으로부터 가계가 이어져 수성(水城, 現 경기도 수원시), 곧 수주(水州)를 기반으로 성장하여 종래에 최한용(崔韓用)에 이르러 개경의 관료 가문 가운데 하나로 성장하였다.

특히 목종(穆宗) 때의 최사위(崔士威)가 높은 관직을 두루 거치며 백작(伯爵)에 진봉되고 식읍을 7백호를 받았을 뿐만 아니라, 다시 광국공신(匡國功臣)에 봉해져 명망이 매우 높았었다.

그 자손들 또한 대대로 관직에 진출하여 여러 임금에 걸쳐서 봉사했는데, 이렇게 백 년을 다져 온 수주 최 씨의 위용은 명문귀족들 가운데에서도 수위에 놓일 만큼 대단한 것이었다.

지금에 이르러 수주 최 씨의 주요한 인물들은 모두 이
최사위의 현손(玄孫, 고손자)들이었는데, 수주 최 씨의
좌장이자 원로대신인 중서시랑평장사(中書侍郎平章事)
최함(崔諴)과 더불어 최근 들어 조정에서 득세하고 있는
지추밀원사 판삼사사(知樞密院事判三司事) 최포칭(崔褒
佈), 간관으로 한림시독학사(翰林侍讀學士)에 이른 최우
보(崔祐甫)가 모두 같은 항렬이었다.

다만 이들이 한데로 뭉쳐 움직이는 것은 아니었다.

그간 가문을 이끌어 오던 최함이 노쇠하자 가문의 중
론은 최포칭에게로 옮겨 갔다. 최함과 최포칭 사이에 알
력이 없는 것은 아니나, 적어도 이들은 상대적으로 방계
인 최우보와 같은 가문의 분파를 견제하는 데에는 늘 힘
을 한데 합치곤 했다.

이러한 상황이니 수주 최 씨도 분열을 겪고 있다고 해
도 좋은 일이지만, 실은 대부분의 힘이 최함과 최포칭에
게로 집중되어 있으므로, 실은 이들의 손에 가문의 대소
사가 좌우된다고 해도 과언이 아니었다.

현 임금은 집권 초기에 격구(擊毬) 따위를 장려하며
무신을 곁에 두고 무반을 돋워 주려는 기미를 보인 적이

있었는데, 문신벌족의 앞머리에 있는 수성 최 씨는 결사적으로 이를 견제했다.

때문에 임금의 관심은 이내 환관의 무리들에게로 옮겨 갔고, 이를 견제코자 수성 최 씨는 환관 정함 따위를 공격하며 은근슬쩍 반대편의 좌수(座首, 우두머리)인 임태후 쪽을 은밀히 지원했다.

그러나 정함과 김존중의 몰락과 함께 수성 최 씨는 다시 기민하게 사태를 파악하고 다시 방향을 수정하기로 결정했는데, 넷째 아들인 최광세(崔光世)가 임금의 총애를 받아 궁내에서 환관들과 함께 세도를 부리고 있는 애첩 무비(無比)의 딸과 혼인을 맺은 것이 그 전환점이 되었다.

"이 지점에서 우리 수주의 대족(大族)을 세파에 밀려나지 않고 강고히 유지하기 위해서는 더 이상 남들이 짜놓은 판에서 움직여서는 아니 될 것이네. 내 그래서 부단히 염려하여 이렇게 막내아들을 무비의 딸과 짝을 지운 것일세."

송악산의 모반 사건으로 정함 등이 쓸려 나간 직후, 최함은 개경 남부(南部)의 자신의 사저에 육촌 형제 최포칭과 마주 앉았다.

"형님의 심모에 놀랐습니다. 미리 그런 식으로 손을 써 두실 것이라고는 생각지도 못했는데……."

"수십 년을 조정에서 허투루 구른 것이 아닐세."

최함의 늙은 얼굴은 그러나 밝지 않았다.

건강이 좋지 않아 병석에 계속 누워 있는 그였다.

가급적이면 가문의 실권을 아들들에게 나누어 주고 떠나고 싶지만, 애석하게도 지금은 최포칭을 배제한 채로 그렇게 하는 것이 가능하지 않았다.

때문에 아쉬운 대로 자신이 생각한 대로 수주 최 씨를 움직이기 위해서는 최포칭의 협조가 필요했다.

적어도 지금 조정에서 수주 최 씨를 대표하고 있는 것은 사실상 최포칭이었기 때문이다.

"그렇잖아도 조정의 어수선한 분위기를 바로 잡을 필요를 느끼긴 했습니다. 너무 어수선하지 않습니까? 인주이 씨가 몰락한 뒤에 어떻게 여러 벌열들이 국정을 돌보며 쌓아 온 위업들입니까? 그리고 서경의 변란 뒤에는 어땠습니까? 지금의 왕통(王統)이야말로 우리에게 감사해야지요. 이대로 가만히 손 놓고 있다가는 엉뚱한 자들이 쌓아 온 곳간을 털어가게 생겼습니다."

"옳은 말일세. 그간 조당(朝堂)의 균형을 생각하여 선

불리 움직이지 않고 있었으나, 정함이 일시에 몰락하면서 갑작스레 임태후와 인척을 맺은 동래 정 씨와 같은 집안이 부상하는 것은 원하는 바가 아니지."

최함이 눈썹을 찌푸렸다.

스스로를 명문 가운데 명문으로 자부하는 수주 최 씨의 당주 노릇을 했던 최함의 눈에는 동래 정 씨 정도는 벼락출세한 한미한 가문 정도로만 보였다.

그래서 대령후 사건 때에 정서에게 몰아닥친 풍파가 정함의 득세를 가져오게 될 것이라는 사실을 알면서도 나서지 않은 것이다.

만약 그때 최함이 수주 최 씨를 비롯하여 여러 인척관계로 맺어져 있는 명문대가들을 움직였다면 결과는 사뭇 다를 수 있었다.

그러나 그는 그러지 않고 시간이 흘러가기를 기다렸다. 그 가운데에 풍파 없이 가문을 건사할 수 있었으며, 오히려 힘을 기르고 자식들을 관직에 출사시켰다.

그리고 지금 다시 선택을 할 시점이 왔을 때, 그는 주저 없이 정함이 쓸려 나간 공백에 수주 최 씨가 들어가서 환관들과 연합을 맺고 국정을 장악하려는 결단을 내린 것이다.

"눈치채지 못하게, 그러나 신속하게 움직이리다."

최포칭은 장담한 대로 머뭇거리지 않고 빠르게 물밑작업을 시작했다. 먼저 인척관계로 맺어진 무비를 움직여서 왕광취, 백선연 등과 줄을 이었다.

정함이 제거된 뒤 궁중의 환관 세력을 장악하고 있는 이들을 재빠르게 포섭한 것이다. 금은백포를 이들에게 막대하게 넘겨서 배를 불려 주고 최포칭이 원하는 바대로 입을 놀리게 한 것이다.

그다음은 애매모호한 입장을 취하고 있던 명문가들을 움직이는 것이었다.

그러나 최포칭은 아무에게나 제안을 넣지 않았다. 오랜 뼈대가 있어 국정에 개입할 여력이 있으면서, 동시에 지나치게 현재의 정국에 개입되어 있어서는 안 되었다. 최포칭은 매우 신중하게 생각을 거듭했다.

당연히 지금 정서와 결탁 관계로 보이는 김돈중을 위시한 동경 김 씨는 제외되었고, 모반 사건으로 날개가 꺾인 동경 최 씨도 배제되었다.

전대의 명장 윤관(尹瓘)의 후예들인 평주 윤 씨나, 나름 이름 있는 명문 가문인 광양 김 씨(光陽金氏) 등도 물망에 올랐으나, 최종적으로 골라진 것은 명주(溟州,

現 강원도 강릉시) 김 씨였다.

걸물이었던 김인존(金仁存)의 아들 셋이 모두 관직에 올라 지금 조정에 출사해 있었는데, 바로 김영관(金永寬), 김영석(金永錫), 김영윤(金永胤)의 삼형제였다.

최포칭은 이들에게 은밀히 접근하여 함께 움직여 보는 것이 어떠하냐고 제안해 왔다. 그리고 이들 명주 김 씨에게는 그렇게 움직일 만한 이유가 있었다.

"그렇잖아도 그런 제안이 들어온다면 언제고 협력할 준비가 되어 있었소. 정 씨 집안의 배가 들락거리면서 돈을 수태로 벌어들인다고 하는데, 내 듣기에 명주를 거쳐서 금나라에도 입선(入船)한다고 합니다. 정 씨를 몰아내고 그 항로를 손에 쥐게 해 준다면 얼마든지 협력하겠소."

최포칭과 마주 앉은 자리에서, 형제의 맏이인 김영관이 거두절미하고 요구해 왔다.

최포칭으로서는 주 관심사가 정민이 운용하고 있는 상단이나 항로를 얻는 것이 아니라, 조정에서 권세를 늘리고 국정을 농단하는 것이므로 그런 요구쯤은 얼마든지 들어줄 수 있는 것이었다.

자기 배를 갈라서 내주는 것도 아니니 든든한 우군을

얻는 것 치고는 손해라고도 할 수 없으니까.

"그것은 어렵지 않소이다."

"괜찮겠소? 지금 자시고 있는 차 맛이 어떻소?"

김영관의 뜬금없는 말에 최포칭은 앞에 놓여 있던 노랗게 물이 오른 차를 한 모금 들이키고, 그 달달한 맛에 놀라 다시 찻잔을 멀뚱히 들여다보았다.

그러고 보니 찻잎 대신에 유자 조각 하나가 우려져 있었다.

"정 씨 집안에서 만들어다 파는 유자청이오."

최포칭의 놀란 모습을 보고서 김영관이 부연했다.

"처음 마셔 보오."

"개경에 알음알음 퍼지기 시작해서 요즘 웬만한 집안에서는 다 갖추어 놓고 손님 접대하는 데 쓰고 있는 모양이오. 이런 걸 만들어다가 떼돈을 버는 모양이외다. 나는 지금 협력하는 대가로 이런 돈주머니를 내어 달라고 요구하는 것이오."

"맛이 좋다고는 하나 이런 게 뭐 대단한 것도 아니고……."

최포칭의 말에 김영관이 고개를 내저었다.

"그건 모르는 말씀이오. 유자청만이 아니외다. 그 정

서의 입적된 아들이라는 정민이라는 놈이 좀체 종잡을 수가 없는 놈이오. 갑자기 명주의 저자에 온갖 귀물이 풀린다는 이야기를 듣고 사람을 시켜 알아보게 하니, 지금 그놈이 움직이고 있는 상단이 위로는 금나라로부터, 아래로는 일본, 최근에는 송나라 천주까지 배를 다니게 하고 있다 하오. 모르긴 몰라도 지금 고려에서 가장 돈을 잘 벌어들이는 이가 그놈이 아닐까 한단 말씀이오."

김영관은 이 상황에서 이런 요구를 최포칭이 거절하기 어려움을 알고 있었다.

그럼에도 이렇게 정민의 상단에 대해서 자세히 읊어 주는 이유는, 나중에 결과를 배분할 때에 뒤늦게 상단의 존재를 안 최포칭이 군말을 하는 것을 미연에 방지하기 위해서였다.

노회한 최포칭이 김영관의 어중에 담긴 뜻을 모를 리 없었다.

그는 궁중의 알력 다툼에 늘 주의를 기울이느라 동래 정 씨가 뒤에서 이러한 정도로 상단을 키워 놓고 있는 줄은 꿈에도 몰랐다. 그저 가산을 털어서 김돈중을 지원해 다시 입궐하게 되었다고만 생각하고 있었던 것이다.

"그래도 좋소이다. 그리합시다."

쓸쓸하긴 했지만, 지금으로서는 명주 김 씨의 지원은 필수불가결한 것이었다.

삼대에 걸쳐서 왕의 외척 노릇을 했던 전성기의 이자 겸 정도의 권세가 아니고서야, 혼자서 판을 짜고 말을 움직일 수는 없었다.

가진 적도 없지만, 이제는 마치 정민의 상단을 명주 김 씨에게 주기로 약속하는 것이 살을 덜어 내는 기분이 드는 것을 느끼며, 최포칭은 새삼 사람 마음이 간교하기 짝이 없다고 생각했다.

"그러면 더 이상 이의는 없소. 우리가 원하는 것은 그 상단이오."

"알겠소."

나중에 권력이 이쪽으로 넘어오면 관직을 재배분할 때에 조금 불이익을 주리라 생각하면서 최포칭은 그 제안을 결국 수용했다.

"그리고 그 상단을 굴리는 정민이라는 놈이 음보로 관직에 나아가지 않고 이번에 동당시를 본다고 하더이다. 그런데 아시다시피 이번 시험의 지공거가 김돈중이오."

"세상의 무서움을 한번 보여 주어야겠군요."

"임금에게 이번 과거에 직접 나서서 문제를 내어 위엄

을 보이시라 추동하면 될 일이외다."

김영관의 말에 최포칭은 고개를 끄덕였다.

이튿날이 되자, 최포칭은 바로 백선연을 통해 무비를
부추기기 시작했다.

무비는 다시 임금에게 베갯머리송사를 했고, 동당시
시험 문제를 확정지어야 할 때 임금은 갑작스럽게 개입
하게 된 것이었다.

그러나 애석하게도 정민은 과거에 급제를 하게 되었
다.

정서가 자식까지 결국 관직에 출사시켜서 세력을 키우
기 시작하는 것을 보고 최포칭은 좀 더 확실한 수를 내어
압박을 해야겠다고 마음을 먹게 되었다.

그리고 그 결과로 고민 끝에 나온 복안이 때마침 금나
라에서 들어온 조공사행의 요구를 가지고 장난을 치는
것이었다.

'혹여 이제는 누가 움직이고 있는 것인지 알았다 하더
라도 소용이 없을 것이다. 동래 정 씨가 가진 정도의 힘
으로는 지금 우리를 대적할 수는 없을 것이야. 김돈중이
전력으로 도와주어도 될까 말까이다.'

최포칭은 사절단에 참여할 명단이 임금의 입에서 흘러

나오는 것을 들으며 회심의 미소를 지었다.

이제 새로운 싸움의 시작이었다.

몸이 가볍게 뜨거워지는 것을 느끼며 최포칭은 무거운 표정으로 내려지는 조칙을 듣고 있는 김돈중과 정서를 흘끗 바라보았다.

그러나 이것이 끝이 아니었다. 그는 오늘 저녁에 만나기로 한 사람의 얼굴을 떠올리면서 눈가를 좁혔다.

❈   ❈   ❈

"그러니까 자네가 나와 함께 금나라에 가야겠단 말인가?"

며칠을 집 밖을 나서지 않고 사행 준비를 하고 있던 정민에게 동래에서 오저군이 찾아온 것은 중추절도 막 지나가서 금나라로 출발할 날이 보름도 남지 않았을 무렵이었다.

예기치 못했던 오저군의 방문에 정민은 적잖이 당혹스러웠다.

"그렇습니다, 나리. 호종할 사람이 필요할 것이라 생각해서 자청해서 동래에서 한걸음에 달려왔습니다."

"이보시게. 화약을 만든다는 일이 잘 안 풀렸는가?"

정민의 물음에 오저군의 얼굴이 흙빛이 되었다.

그러나 이제 와서 숨길 것도 없는 노릇이다. 오저군은 마루 아래에 납작 엎드려서 고개를 조아렸다.

"송구하옵나이다. 천만금을 부어서 아무것도 건진 게 없습니다. 철장 하나의 목숨만 허망하게 보내고, 화약의 배합률은 결국 알아내지 못했습니다."

오저군의 목소리가 살짝 떨려 왔다.

몸을 굽혀 죄를 아뢰는 중늙은이의 등을 보며 마음이 편할 정민이 아니었다. 물론 오저군이라고 정민이 자신에게 책임을 물어 죄를 줄까 두려워 이리 떠는 것은 아니다.

다만 그로서는 자기의 소임을 다하지 못한 부끄러움이 먼저 앞서서 그러는 것이다. 정민은 마당으로 내려가 오저군의 몸을 일으켜 앉혔다.

"볼썽사납게 이러지 마시게."

"소인이 다만 나리께 이리 금나라로 따라갈 수 있도록 해 달라 청하는 것은, 어떻게든 이 실패를 기회로 바꾸기 위해서입니다."

"애초에 그리 부담을 가질 일이 아니었네. 그것이 쉽

지 않은 일임은 나도 잘 알고 있네."

그것은 정민의 본심이었다.

애초에 오저군이 몇 달을 동래에서 어떻게 해 본다고 만들 수 있는 화약이었으면, 정민이 애당초에 시도를 해 보았을 것이다.

재료만 안다고 화약을 제조해 낼 수 있다면 일찌감치 고려에도 들어와서 퍼져 나갔을 터.

그러나 아무리 초기 단계의 흑색 화약이라 하더라도 원재료를 가공하고 적절히 배합하는 것이 쉬운 일이 아니었다.

혹여 운이 좋아 만들어 낸다고 하더라도 습기를 먹지 않게 보관하는 것도 중요했다.

이러한 관련 지식이 쉽게 손에 넣어질 수 있을 리 없었다.

애초에 오저군이 화약을 만들어 보겠다고 했을 때 적잖이 놀란 정민이었으나, 일을 맡기면서도 십 년은 바라보고 준 것이었다. 그러니 오저군을 탓할 일은 못되었다.

"아닙니다, 나리. 소인 스스로가 이대로 물러나지를 못하겠나이다. 부디 기회를 주시옵소서."

오저군이 정민의 말에 다시 한 번 머리를 찧을 듯이

굽히며 청을 해 왔다. 정민은 답답하다는 듯, 한숨을 내쉬고서 오저군의 어깨를 다시 일으켜 마주 앉혀 물었다.

"그래서, 도대체 자네가 금나라에서 무슨 기회를 만들겠다는 것인가?"

"소인이 올라오는 길에 남아 있는 황을 모두 쓸어 모아서 왔나이다. 금나라에 가서 이것을 팔 생각입니다."

"황을?"

정민이 관심을 보이자 조금 기운이 난 듯, 오저군이 말을 이어 나갔다.

"그렇습니다. 금에도 화약을 제조하는 비법을 알고 있는 자들이 썩 된다고 들었습니다. 그러나 금나라 땅에서는 황이 귀하니, 황을 만들고자 한다면 필히 이 황을 구해야 할 것인데, 이것을 팔다 보면 어떻게든 화약을 제조할 줄 아는 자와 선이 닿을 것입니다."

오저군의 말을 듣던 정민의 안색이 굳었다.

"안 되네."

"어찌하여……."

"금나라 황제가 지금 어떻게든 고려에게 죄를 주고자 무리한 사행을 요청한 것이네. 국경을 넘어가는 순간 살얼음판이나 진배없다는 말일세. 그런데 이 상황에서 나

라에서 보호하려 하는 기밀을 사신단에 속한 자가 **빼돌**
리려 하다가 걸리기라도 하면 그 일을 어찌 수습하려
고?"

"반드시 문제가 없도록 할 것입니다."

정민의 우려가 오저군에게는 그렇게 크게 와 닿지 않
은 모양이었다.

이 염소수염의 사내를 어찌할까 잠시 고민하던 정민은
혀를 차며 자리에서 일어났다.

"이보시게, 오 행수. 그렇다면 무리해서 당장 금나라
행에서 그것을 얻어 보려 하지 말고 황을 팔 판로나 뚫어
보는 정도는 어떠한가? 이번 사행길에서 잘못했다가는
사달이 날 수 있네. 황을 팔면서 천천히 그쪽에 인맥을
넓혀 두고, 혹여 화약의 제법을 알아낼 수 있기만 해도
좋고, 혹여 금에 혹하여 우리에게 와서 그 기술을 전수해
줄 자라도 있다면 금나라 황제의 시선에서 벗어나 있는
갈라전으로 불러들인 다음 거기서 넘어오게 하는 방법도
있을 걸세. 그러니 무리하지 말고 천천히 나아가며 이참
에 금나라에서 장사도 해 볼 생각을 하는 것이 어떤가?"

"하오나, 소인은 이번 상행은 그렇다고 쳐도 천주로
가는 배를 맡아 보아야 하는데……."

당초 오저군의 생각은 금나라를 계속해서 다니겠다는 것은 아니었다.

어찌 되었든 그는 자신을 무역상이라고 여겼고, 애초에 정민이 그에게 맡긴 일은 벽란도에서 이권을 지키고 하두강과 함께 천주로 가는 무역을 관리하라는 것이었다.

어쩌다가 화약에 관심을 기울이게 되어 동래에서 머물기는 했지만, 본래 금나라로 가겠다고 자청하고 나오지 않았다면 오는 늦가을에는 서남쪽으로 배를 몰아 천주로 향했어야 했다. 그런데 지금 정민은 자신에게 앞으로 금나라를 전담하며 판로를 키우고 화약장도 물색해 보라 하는 것이다. 오저군은 얼떨떨했다.

"소인은 여진말도 하지 못하는데……."

"그러면서 무슨 배포로 이번 사행 한 번에 화약장을 찾아오겠다고 했는가?"

"……."

틀린 말은 아니었다.

오저군은 일단 금나라로 넘어가면 어떻게든 되리라 하는 막연한 기대가 자신에게 있었다는 것을 부정하긴 힘들었다.

당연히 그런 생각만으로 일이 곧이곧대로 풀릴 것이라

생각하는 것은 상인답지 못한 판단이었다. 부끄러움에 살짝 얼굴이 붉어진 오저군을 보며 정민은 다시 입을 열었다.

"일단은 섣부른 생각은 하지 말고, 개경을 출발할 날이 얼마 남지 않았으니 나를 대신해서 필요한 것들을 좀 준비 해 주면서 기다리고 있으시게. 내가 미리 언질을 두면 따라가는 것은 어렵지 않을 터이니."

"예, 나리."

정민이 없는 곳에서는 자기들끼리 정민을 주군이라고 불렀지만, 그의 사실상 가신들은 정민 앞에서는 깍듯이 나리라고 불렀다.

어찌 되었든 고려는 하나의 지존만이 허락된 왕국이었다. 함부로 공공연히 주군이라 불러서 좋을 것이 없음을 정민이나 그의 가신들이나 잘 알고 있었다.

"부탁하겠네."

정민의 말에 오저군이 그제야 웃음을 찾으며 대답했다.

"맡겨만 주십시오."

열여섯.

꽃이 떨어지는 것만 보아도 눈물에 옷섶을 적신다는 나이였다.

왕연은 가을이 되어 선선하게 불어오는 바람에 조금 울적한 기분이 들었다.

정민의 얼굴을 보고 이야기를 못한 지가 벌써 한 달이 훌쩍 넘어가고 있었다.

이제 자기가 보기에 여자다운 태도 나고, 얼굴은 곱고 예쁘게 한창 아름다운데, 막상 마음에 둔 임은 곁에 없으니 속상하기 짝이 없는 노릇이다.

"이번 중추절은 들려서 얼굴도 비추지 않으시고……."

왕연은 가을바람이 들어오도록 문을 활짝 열어 두고서 난을 치다가 문득 바람만 나리는 뜰을 보고서는 허전한 기분이 들었다.

작년 이맘때쯤, 정민과 언약(言約)을 나누고 한창 설레 잠을 이루지 못하던 것이 생각났다. 여름이 물러가고 코끝에 머무는 공기가 스리슬쩍 서늘하게 내려앉자 그때의 정경이 고스란히 마음속에 되살아나는 것이다.

"아가씨! 손님 오셨습니다."

난을 치고자 늘어놓았던 문구를 치우고 자리에서 일어나려 했던 차에, 왕연의 귀로 적심의 목소리가 들려왔다.

왕연은 뜬금없이 무슨 손님인가 해서 안뜰로 몸을 일으켜 나왔다가 화들짝 놀라 반응 없이 멈춰 서고 말았다.

"연아."

"오라버니!"

왕연은 내문(內門)에 서서 자신을 부른 사람을 보고 얼굴 만면에 웃음이 떠올랐다. 방금 전까지 원망하는 마음은 모두 사라지고 자신을 찾아온 것이 기뻤다.

얼굴에 조금 붉어진 것 같아 스스로 주책없다고 생각하면서도, 좋아서 떠오르는 웃음기를 지울 수 없었다.

"비녀 하나 줄까 해서 들렸다. 얼굴 본 지도 오래된 것 같고."

정민은 멋쩍게 품에 싸서 온 비녀를 꺼내 건넸다.

그녀는 소중하게 그것을 받아 손에 쥐고서 들여다보았다. 가을바람에 살짝 흐트러진 머리가 그녀의 보얀 피부 위에 넘실거렸다.

소녀의 모습에서 이제 점차 여자의 얼굴이 되어 가고 있었다.

한두 달 사이에 또 달라진 모습에 정민은 잠시 멈칫했

다. 커다란 눈 위로 길게 뻗은 속눈썹이 그날따라 유난히 도드라져 보였다.

"멀리 가신다고 들었어요."

"어명을 받잡아 금나라에 다녀오게 되었다."

"소녀 규방(閨房)에 앉아 발을 내려 두고 세상과 등지고 있으나, 세간에 흐르는 이야기에는 쉽지 않은 사행이 될 것이라고……."

왕연은 정민이 그런 길을 떠나가야 하는 것이 불안한지, 성글한 눈으로 그에게서 시선을 떼지 못하고 있었다. 자신도 모르게 손에 쥔 비녀에 힘이 쭉 들어갔다.

"큰일 없이 무탈하게 돌아올 것이다. 너무 걱정 마렴."

정민은 그렇게 말하고서 자신도 모르게 손을 뻗어 그녀의 어깨를 두드렸다.

왕연은 갑작스러운 그의 손길에 흠칫했고, 정민도 화들짝 놀라 다시 손을 거두었다.

그러나 이번에는 왕연이 덥석 그의 손을 붙잡고 어깨를 감싸게 했다. 그녀는 정민의 가슴팍에 얼굴을 파묻고서는 글썽였다.

"어찌 먼 길 가시면서 한 번 얼굴 안 비치시나 했어요.

매일 같이 언제 한 번 뵐 수 있을까 기다리는 것은 모르
시고…….”

“워낙에 경황이 없어서 미안하게 되었구나.”

“그래도 사람에게 서찰 한 통 들려 보낼 수는 있는 것
아녜요.”

“내가 무심하였다.”

찾아온 손님이 반가워 활짝 웃다가 다시 눈물이 터지
는 것이 볼썽사나울지 모른다고는 생각하면서도, 왕연은
따뜻한 정민의 품에 얼굴을 묻자 눈물이 쏟아져 나오는
것을 멈출 수 없었다.

정민이 커다란 손으로 어깨를 감싸 안아 두드려 주는
것도 너무나 따뜻했다.

아직 혼례 날짜도 받아 놓지 못했는데, 멀기만 하게
느껴지는 금나라 중도로 다녀온다고 하니 왕연은 마음이
편치가 않았다. 처음 안기는 품의 설렘보다도, 왕연은 지
금 정민이 다녀와야 할 길의 걱정이 앞섰다.

그녀는 가볍게 손으로 정민을 살짝 밀어내고서, 눈물
이 가득 찬 커다란 눈으로 그를 똑바로 바라보며 말했다.

“부디 무탈하게 다녀오셔야 해요. 이 비녀를 소녀는
그때 다시 받겠어요. 정표라 생각하시고 맡아 두시며 소

녀 생각하시다가 돌아오시거든 주셔요."

정민은 얼떨결에 주었던 비녀를 왕연에게서 다시 돌려
받았다.

그는 그녀의 볼을 살짝 쓰다듬으며 고개를 끄덕였다.
손가락 끝에 눈물의 따뜻한 습기가 느껴졌다.

"반드시 멀쩡히 돌아오도록 하마. 그리 걱정할 것 없
어. 늘 보내는 사행이 아니더냐. 서너 달을 기다리면 아
무렇지도 않게 다시 얼굴을 보일 것이다."

"그렇게 하셔야만 해요."

"아무렴."

정민은 약속을 한다는 듯, 그녀의 볼을 타고 흘러내린
눈물을 살짝 손으로 훔쳤다.

왕연은 정민이 눈물을 훔친 자리에 가을바람이 부딪혀
차갑게 날아가는 것을 느꼈다. 그녀는 마치 정민의 얼굴
을 한구석조차 놓치지 않고 그대로 담아 두려는 듯, 뚫어
지게 한참을 응시했다.

"아무리 언질을 받아 놓은 사이라고는 하나, 아무래도
외간 남자가 규방에 이리 오래 머무르는 것은 옳지 못한
듯하다. 이제 그만 가 보도록 하마."

"다녀오시면 소녀 열일곱이어요."

머쓱하게 발걸음을 돌리려는 정민의 등 뒤로 왕연이 말했다.

그녀는 정민의 대답을 기다리지 않고 말을 이었다.

"더는 기다리게 하지 마셔요."

정민은 고개를 돌려 왕연을 바라보며 나직이 웃음을 지어 보였다.

그는 그러고서는 내문을 나가서 성큼성큼 다시 온 길을 되돌아갔다.

왕연은 한참을 멀어져가는 그의 등을 바라만 보고 있었다.

❖　❖　❖

"모든 것이 사실입니다. 여기 증물이 있습니다."

핏물에 시커멓게 절여진 옷을 입고 있는 채로 다 썩어 문드러진 백골(白骨)이 담긴 관을 열어 보이며 정자가가 말했다. 그는 불쾌하다는 듯 손을 내저었다.

"알겠으니 그만 닫으시오."

"음흉한 간계로 사람을 음해하고 결국에는 죽음으로 몰아넣었으니 죗값을 치러야 하지 않겠습니까?"

"물론 그리해야 할 것이오. 하나……."

정자가의 기대 어린 목소리를 끊고서 남자는 살짝 눈을 찌푸리며 입을 뗐다.

"하나, 무엇을 말씀이십니까?"

"일이 보다 잘 마무리되기 위해서는 좀 더 수고를 해 줘야겠소."

"무엇을 말씀이십니까?"

"그 백골은 내게 맡기고 일을 하나 맡아 주면 온당한 보상이 내려질 것이오."

남자의 말에 정자가는 살짝 불편한 기색을 드러냈다.

"도대체 이것으로 부족하다면 제가 더 무엇을 할 수 있겠습니까? 흠…… 난 그런 건 당최 모르겠습니다."

"이보시오. 내 이미 최포칭 나리에게 약속을 다 받아 놓았소. 조금 어려울 수는 있지만 그렇게 힘들지는 않을 것이오. 내 귀공의 나이가 많음이 걱정스럽긴 하나 일만 무사히 잘 끝내 준다면 정 씨 부자에 대한 복수뿐만 아니라 귀공에게 당상 관직과 사은(謝恩)이 주어질 것이외다. 아시겠소?"

"알겠습니다. 무슨 내용입니까?"

남자의 말에 정자가는 어쩔 수 없다는 듯이 응낙을 하

고서는 그 내용을 물었다. 남자는 여기서 이야기할 것은 아니라는 듯 고개를 저었다.

"일단 자리를 좀 더 은밀한 곳으로 옮긴 다음 이야기하겠소. 하겠다고 한 이상 이 일을 알고도 발을 뺄 수는 없소. 마지막 기회요. 어떻게 하시겠소?"

머리로는 위험한 냄새가 풍기는 것이 그만두어야 한다고 생각은 하면서도, 정자가는 그간의 모욕감을 상쇄할 두 번 없을 기회라는 생각에 황급히 고개를 끄덕였다.

만약 여기서 제안을 받아들이지 않는다면 기껏 찾아낸 정명하의 유해도 별 값어치 없이 쓰이지 않게 될 게 분명했다.

자신이 혼자 외쳐서는 세상이 들어 줄 리 없으니, 어떻게든 힘이 있는 최포칭에게 선을 닿은 다음, 이것을 활용하게 해야 했다.

우둔한 정자가라고는 하지만 그 정도의 머리는 굴러갔다. 하나 딱 그 정도까지였다.

'무슨 일인지는 모르겠지만 내가 할 수 없는 일을 하라고 시키지는 않을 것이다. 그렇다면 눈 딱 감고 그 일을 처리한 다음 고통에서 벗어 나와 정서와 정민의 몰락을 지켜보며 즐거워할 일만 남는 것이다.'

정자가는 자신이 무슨 수렁으로 빠져들고 있는지 짐작도 하지 못한 채로 남자의 뒤를 따라 야산을 내려갔다.

❖ ❖ ❖

1160년 음(陰) 9월 초하루 개경(開京).

지난 6월 말, 임금이 조칙으로 확정한대로 진봉사(進奉使)가 꾸려지고 금나라의 도읍 중도(中都)로 향하기 위한 노정(路程)에 올랐다.

개경으로부터 압록수 하구에서 마주하는 국경까지 천 리, 그리고 다시 그곳에서 중도까지 삼천 리는 가야 하는 장도(長途)였다. 중도에 입경하려면 한 달은 족히 가야 할 길이다.

"짐이 경들로 하여금 금나라 황제의 노여움을 풀고 양국의 선린(善隣)을 돈독히 다지고 올 것을 주문하는 것은, 비단 국가의 안녕만을 위해서가 아니라, 북변을 안정시켜 실리 또한 도모하고자 함이니, 그대들의 책임이 막중한 일이다. 부디 중도에서 일을 잘 처변(處變)하고 황제를 구슬려 대동(大東)을 돌아보지 못하도록 하라."

임금은 뻔뻔스럽게도 진봉사 사절단을 보내는 자리에

서 사실상 이루기 힘든 일을 주문했다.

누구나 이 상황에서 금 황제의 요구를 겨우 구색만 맞춘 수준으로 갖추어 가는 진봉사가 중도 성벽에 목이 내걸리지만 않아도 다행이라 생각하고 있었다.

물론 금 황제가 아무리 미친자로 소문이 자자하기로서니 설마 인방(隣邦, 이웃나라)의 사절을 효수하기야 하겠냐고 말들은 했다.

그러나 그만큼 사절단에 참여해서 얻을 것은 전혀 없는데, 잃을 것만 태반이 상황임은 부정할 수 없는 일이다. 그런 길이니만큼 진봉사절단의 정사(正使)부터가 일전 대령후 사건에 휘말려 폄직(貶職, 벼슬이 떨어지는 일)의 고배를 마셨다가 겨우 복직한 최유청(崔惟淸)이었다.

"칙명을 삼가 받잡겠나이다."

최유청은 궐전 앞 섬돌 아래에 엎드려 임금이 이르는 말을 받았다.

좌우로 도열한 대신들은 제각기 후련하거나 복잡한 표정으로 이를 지켜보고 있었다.

누군가는 이번 진봉사절단에 참례한 자들이 안타까울 것이오, 누군가는 고소할 것이다.

더러는 이들을 포폄(褒貶)할 일이 없으나 각기 자신이 저 자리에 있었으면 어떠할까를 생각해 보고서는 몸서리를 치는 이들도 있었다.

그러나 대신들이 그러나 말거나 아랑곳 않고, 임금은 직접 금 황제에게 보내는 국서(國書)를 최유청에게 내리고 하문한다.

"오늘이 9월 초하루이니 바쁘게 나아가도 중도에 당도하면 10월은 되어야 할 것이다. 그렇게 되면 머잖아 명년(明年)이 밝아 오고 한 해가 시작될 터인데, 정월에 다시 신년 하례를 위해 금에다가 하정단사(賀正旦使)를 보내는 것은 무리이다. 그러니 그대들이 하정단사를 겸하여 신년을 중도에서 보내고 금 황제의 생일인 정월 십육 일까지 머물다가 하례하고 오도록 하여라."

임금의 말에 순간 무릎을 꿇고 명을 받잡고 있던 최유청마저도 순간 당황하여 말을 꺼내지를 못했다.

쉽지 않은 길을 가는 것이니만큼, 이번 사절단에 참여하는 사람들은 대개 빨리 중도에서의 일이 끝나고 고려로 돌아오기만을 소망하고 있었다.

그런데 임금이 이리 무심하게 내년까지 그곳에서 머물다 오라고 할 줄은 아무도 예상하지 못했다.

금나라는 애초에 고려가 보내야 하는 신년의 하정단사와 황제의 생일에 보내는 하청천절사(賀天淸節使)가 1월에 겹쳐 그냥 사절단을 한 번만 보낸 것으로 트집을 잡은 것이다.

그런데 이런 상황이 되어서도 1월에 들어가야 할 사절단을 따로 뽑아 준비시키지 않고 이번 진봉사절단을 오래 머물게 하여 대충 넘어가라는 임금의 주문이었다.

이러한 상황이 되니 대신들마저 아연해지는 것도 당연한 일이었다. 임금의 말을 듣다 못한 문극겸이 갑자기 뛰쳐나가 정전 앞에 엎드려서 임금에게 무릎을 조아렸다.

"폐하, 아니 되옵니다. 혹여 조정의 재물을 내어서라도 어쩔 수 없이 하정단사는 보내야 할 줄 아나이다."

그러나 문극겸 정도의 말에 움직일 임금이 아니었다.

"문 공. 아무리 재기가 좋고 입이 바르다고는 하나 지금 나서야 할 자리와 그렇지 않은 자리도 구분 못하는 게요!"

최유청은 자신을 돕겠답시고 옆에 선 문극겸에게 맹렬하게 비판했다.

그러고서는 다시 엎드려서 임금에게 머리를 찧었다.

"폐하, 부디 문극겸이 나라와 사직을 염려하는 충정에

분간 없이 뛰쳐나온 것일 터이니 용서하시옵소서."

문극겸은 무어라 엎드려 참소를 더 하려 하였으나, 이윽고 최유청의 아직도 물러나지 않았느냐는 싸늘한 시선을 받고서는 엉거주춤 물러나 자기 자리로 돌아갔다.

그로서도 사달이 날 것을 막기 위해 자신에게 호통을 치고 임금에게 죄를 주지 말라 청한 최유청의 뜻을 감히 무시하기 어려웠다.

"되었다. 먼 길을 가는 날에 고로가 오죽 많을꼬. 이런 일은 아무것도 아니지."

임금은 못마땅하다는 듯 혀를 끌끌 차고서는 몸을 되돌려 궐전 안으로 호종을 받아 들어가 버렸다.

졸지에 내쳐지듯이 사절단은 개경을 출발하게 된 셈이었다. 최유청은 황망하게 섬돌 아래에서 몸을 일으켜서 뒤돌아서서는 문극겸에게로 다가가 따귀를 올려붙였다.

"아무리 천지를 분간하기 못하기로서니 정도가 있지! 목이라도 씻어 놓고 살고 있느냐!"

최유청의 분노에 문극겸은 무어라 대꾸를 하지 않았다.

애초에 바른 말이라고 귀하게 여겨서 자기 앞길을 비출 보감으로 삼을 임금이었다면 나라의 정사가 이리 문란해지지도 않았을 것이다.

문극겸이라고 그것을 모르는 것은 아니었다. 그러나 불민함을 보고 참지 못하는 성미가 위험한 직소(直訴)를 하게 만드는 것이었다.

"뭘 그리 화를 내고 그러시오. 다 충정에서 우러나 하는 말 아니겠소?"

싸늘한 공기를 깨고 관복의 소매를 휘적휘적 펄럭이며 다가온 최포칭이 얼굴 만면에 웃음을 띠우고 최유청에게 슬쩍 개입했다.

최유청은 최포칭을 향해 고개를 휙 돌리고서는 말없이 쏘아보기만 했다.

"그만 됐소이다. 문 공은 내가 한 말을 잘 새겨들으시오!"

최유청이라고 이 진봉사와 관련된 일련의 일들의 배후에 최포칭이 있을지 모른다는 처형(妻兄) 정서의 우려를 이미 들은 뒤였다.

그가 보기에도 그럴 가능성은 충분히 차고도 넘치는 노릇이었다. 설사 그것이 사실이라고 하더라도, 지난 수년간 조정에서 벌어진 풍파에는 멀찍이 앉아서 먼 산 구경하듯이 하다가, 파란이 잠잠해지면 그 과실만 노려서 따먹고 다닌 최포칭에 대해서 좋은 감정이 있을 리 없었다.

"흠……."

최유칭이 뿌리치듯이 자리를 떨치고 일어나자, 원래 개입한 목적이 문극겸을 변호해 주려는 것이 아니었던 최포칭은 문극겸 쪽은 돌아보지도 않고, 자기 무리가 서 있는 곳으로 의미심장한 미소를 지으며 물러갔다.

'도대체 시작부터 이게 무슨 일인지……. 개경을 비워 두고 어찌 될지 모르는 길을 가려니 마음이 불편하기 짝이 없네.'

이 과정을 도열한 채로 서서 꼼짝없이 다 지켜본 정민은 그저 답답함과 짜증이 치밀어 오를 뿐이었다.

그는 관복 소매 안쪽에 넣어둔 왕연의 비녀를 만지작거리며 날카로워진 신경을 달래고자 했다. 저도 모르게 한숨이 절로 나왔다.

"네가 민이냐."

쓸데없이 청명한 궐전 위 청명한 가을 하늘을 올려다보며 한 숨을 쉬노라니, 갑작스레 명치를 치듯이 들리는 걸걸한 목소리에 정민은 놀라서 손에 쥐고 있던 비녀를 떨어뜨리고 말았다.

목소리의 주인공은 다름 아닌 최유청이었다. 그는 한심하다는 듯 혀를 끌끌 차면서 떨어진 비녀를 주워 정민의 손에 턱 하고 올려놓았다.

"내가 최유청이다."

"말씀 많이 들었습니다, 고모부님."

황망한 정신을 차리고 정민은 고개를 깊숙이 숙여 최유청에게 예를 표했다.

오늘 처음 마주 보는 것이지만, 정서의 매부(妹夫)되는 최유청이므로, 정민에게는 고모부뻘이었다.

"먼 길이 될 것이니 정신 단단히 붙들어 매고 나만 따라다니도록 해라."

숫제 애 취급이었으나, 정민은 최유청의 눈에서 보이는 진심 어린 걱정의 기색을 읽고서 뭐라 맞서지 않았다.

"부족한 조카이나 잘 부탁드리겠습니다."

"그래, 이제 가도록 하자."

최유청은 정민을 등 뒤에 붙이고서는 궐전을 나서서 사절단의 나머지 수행원들이 채비를 마치고 기다리고 있는 궁궐의 외정(外廷)으로 향하였다.

사절단에 참여하지 않는 조정 신료들을 뒤로하고 부사(副使)인 예빈소경(禮賓少卿) 김순부(金淳夫), 그리고 젊은 준재들로 예기치 않게 사절단에 포함된 중서문하성 낭사의 간관 김정명, 사문박사(四門博士) 유공권(柳公權) 등 또한 그 뒤를 황급히 쫓았다.

정민은 손에 쥐고 있는 비녀의 은 꽃 장식에 금이 조금 간 것은 알지도 못한 채로, 앞길 모르는 두려운 마음만을 안고서, 멀리 우두커니 신료들 사이에 섞여 떠나는 행렬을 지켜보는 아버지에게 간단히 고개 인사만을 하고서, 장도(長途)의 첫 걸음을 떼었다.

제22장

북행장도(北行長途)

진봉사절단이 9월 초하루에 개경을 떠나 서경(西京, 現 북한 평양시) 땅에 당도한 것은 닷새 뒤의 일이었다.

서경은 한때 개경과 함께 양경(兩京)이라 불릴 정도로 그 위업이 대단했던 땅이었다.

그러나 이십수 년 전 있던 묘청의 난으로 말미암아 개경의 토벌군에 의해 제압당하고 그 위상이 추락하고야 말았다.

한때는 개경의 조정에서도 큰 세력으로 성장했던 서경 출신들이었으며, 그 여세를 몰아 나라의 중심을 고도(古都) 평양 땅으로 옮겨 중흥하고자 하였으나 결국 그 모든 것이 일장춘몽으로 끝나고 만 것이다.

이전에 이곳 서경에는 마치 개경과 같이 경기(京畿, 도읍 주위의 관할지)가 딸려 있었고, 더불어 막대한 세수가 이곳 서경의 유지에 할당되어 있었으나, 변란 이후로 경기는 폐지되고 재원도 조정에서 줄여 버렸다.

여전히 그 위세를 완전히 잃은 것은 아니라고는 하나, 이제는 속현 여섯 고을에서 나오는 세금만으로 내정을 충당해야 하는 서경의 번성이 예전 같을 리 없었다.

당금의 서경유수사(西京留守使)는 최윤의(崔允儀)였다.

그는 판이부사(判吏部事)까지 벼슬이 이르러 조정의 중신이었으나, 금년 초에 동지공거를 지낸 후에 병환을 핑계로 사임을 하려 했다. 그러나 임금이 이를 허락하지 않고 몸을 쉬게 할 겸 서경유수로 전임하여 지내다가 다시 상경(上京, 개경)으로 올라오라고 한 것이다.

최윤의는 내키지 않은 몸을 이끌고 여름이 시작되기 전에 가문의 세거지인 해주(海州)를 거쳐서 서경에 올라와 이제 막 유수관(留守官)을 이끌기 시작한 지 두 달쯤이었다.

그 또한 개경에서 일어난 저간의 사정들을 전해 듣고

있던 데다가, 조정에서 공식적으로 진봉사를 후하게 대접하고 국경까지 호송하라는 조정에서 내려온 명을 받고서는 나가는 사절단을 위무할 준비를 해 두고 있었다.

"저기 강 건너 누대(樓臺)에 깃발이 펄럭이고 사람이 분주히 움직이는 것을 보아하니 연회라도 준비해 둔 모양입니다."

대동강(大同江) 큰 물 위에 사절단이 건너기 위한 배들이 띄워졌다.

건너편 뭍 저 너머로 서경의 외성(外城)의 둘레가 보였다.

성내로 들어가기 위해서는 강을 건너야 했고, 서경 외성의 큰 문인 양명문(揚命門)과 면한 나루가 바로 양명포(揚命浦)로, 지금 사절단이 건너려고 하는 곳이었다.

정민은 옆에서 오저군이 속삭이는 소리를 듣고서 고개를 끄덕였다.

양명포 대안(對岸)에는 화려하게 지어진 누각이 하나 서 있었는데, 바로 대동강 풍정(風情)을 즐기기에 좋다고 소문난 다경루(多景樓)였다. 보아하니 그곳에서 최윤의가 연회를 준비하고 있는 모양이었다.

"달고 온 황들은 어떻게 건네 보내는가?"

정민의 물음에 오저군은 씩 웃으며 대답을 해 온다.

"새벽같이 일어나 미리 이곳 뱃사공들을 깨워다가 아침까지 모두 서경 성내로 옮겼습니다. 그리고 나루에서 나리가 오시기를 기다린 것입니다. 사절단의 뒤꽁무니를 따라가다가 황을 이제 건네 보려 하자면 밤이 늦을 것이고, 그렇다고 지엄한 관작(官爵)들이 움직이시는 데 배를 비워서 황을 나르겠다고 할 수 없으니 제가 바쁘게 움직여야지요."

"잘했네."

정민은 오저군의 넉살에 피식 웃었다.

그래도 그나마 이 중년의 털털하고 믿음직스러운 사내가 따라 나서 준 것이 며칠간의 여정을 겪으며 고맙게 느껴지고 있었다.

그렇잖아도 워낙에 기운이 없는 사행(使行)이었다.

개경의 임금과 금나라 황제에게 이래저래 등쌀을 겪을 것을 생각하면 마음이 편할 사람이 없었다.

그래도 늦가을 대동강에 배들이 건너며 멀리 단풍이 지는 풍광을 보는 것은 나름의 정취가 있었다. 누군지 모를 사람이 목청을 가다듬고 뱃전 위에서 ≪서경별곡(西京別曲)≫을 부르는 것이 강바람에 실려서 들려왔다.

서경(西京)이 아즐가 서경(西京)이 셔울히 마르는
닷곤듸 아즐가 닷곤듸 쇼셩경 고외마른
여해므론 아즐가 여해므론 질삼뵈 바리시고
괴시란듸 아즐가 괴시란듸 우러곰 좃니노이다.

구스리 아즐가 구스리 바회예 디신들
긴히딴 아즐가 긴힛딴 그츠리잇가 나들
즈믄해를 아즐가 즈믄해를 외오곰 녀신들
신(信)잇든 아즐가 신(信)잇든 그츠리잇가 나는

대동강(大同江) 아즐가 대동강(大同江) 너븐디 몰라셔
배내여 아즐가 배내여 노흔다 샤공아
네가시 아즐가 네가시 럼난디 몰라셔
녈배예 아즐가 녈배예 연즌다 샤공아
대동강(大同江) 아즐가 대동강(大同江) 건넌편 고즐여
배타들면 아즐가 배타들면 것고리이다 나는

예상대로, 강을 건너니 최윤의가 관복을 정제하고 북
으로 떠나가는 진봉사들을 맞이하고자 나와 있었다. 가
장 먼저 강을 건넌 예빈경(禮賓卿, 사절단장) 최유청과 예빈소경(禮賓少卿) 김순부(金淳夫)가 양명포에 내렸다.

일전 대령후 사태가 일어났을 때에 최윤의가 왕제들이 사사로이 당여를 짓는 것은 곤란하다고 원칙대로 상소한 것을 알고 있는 최유청은 그가 좀 껄끄러웠다.

정서의 누이와 혼인을 맺었다는 이유만으로 폄직당하여 몇 년을 지방을 전전하였던 그로서는 아무래도 최윤의가 잘못은 아니라고 생각하면서도 그다지 기껍지는 않았다.

"서경까지 오시느라 수고가 많으셨소이다."

그러나 어디까지나 그러한 것은 최유청만의 생각인 듯, 최윤의는 으레 까랑까랑한 목소리로 표정의 일변 없이 최유청을 맞았다.

"이리 반겨 주시어 고맙소이다."

"나라 일을 받들어 하는 일일 뿐이지요."

최유청은 더 이상 최윤의와 별말을 섞을 생각이 없는 듯했다. 괜히 불편해지는 듯한 공기에 부사절단장 격인 예빈소경 김순부가 나섰다.

"서경에 오랜만에 당도하니 이거 예전과는 느낌이 사뭇 다릅니다."

"그렇소? 그러고 보니 김 공이 묘청난 때에 출정을 하였지 않소?"

최윤의의 되물음에 김순부가 고개를 끄덕였다.

그는 젊은 시절, 이십오 년 전인 1135년(인종 13)에 묘청 일파가 일으킨 반역을 진압하기 위해 조정에서 보낸 토벌군을 이끌고 있는 평서원수(平西元帥) 김부식(金富軾)의 막사에 있었다.

김부식은 그 즈음 많은 서경 주변의 모든 성과 읍들을 손아귀에 넣고 서경을 고립시킨 다음 압박을 주고 있었다.

이때 김순부는 인근 고을인 평주(平州, 現 황해북도 평산군)의 판관(判官)으로 있었는데, 조정에서 내려온 진압군에 부응하여 여기에 가세하고 있었던 것이다.

그는 스스로 자청하여 조서(詔書)를 들고 서경으로 홀몸으로 들어가 분사시랑(分司侍郎) 조광(趙匡)등에게 반역을 멈추고 항복할 것을 설득하였다. 조광은 이에 솔깃하여 묘청과 유호(柳浩)의 목을 베어 바치고, 분사대부경(分司大府卿) 윤첨(尹瞻)을 개경으로 보내는 등 전향적인 신호를 보내 왔다.

김순부는 묘청과 유호의 목, 그리고 윤첨의 신병을 호송하여 개경에 당도하여 공을 세울 수 있었다. 비록 개경과의 협상이 틀어져 묘청을 죽인 조광이 이번에는 반란 수괴가 되어 다시 1년을 버티게 되었으나, 애초에 지목된 국적(國賊) 묘청의 목을 조광으로 하여금 세 치 혀로 베게 한 김순부의 공이 없다고는 할 수 없는 것이다.

그러한 그이니만큼, 다시 세월이 흘러 서경에 당도했을 때 그때의 기억이 밀려오는 것은 어쩔 수 없는 일이었다.

이제는 전화의 그을음도 모두 지워지고 겉보기에는 평화롭기만 해 보이는 서경성이나, 머잖은 시절에 이곳에서 많은 죽음과 울음, 그리고 참화가 있었던 것을 김순부는 똑똑히 기억하고 있었다.

"그때는 인세에 어찌 이런 무간지옥이 있나 했지요……."

김순부는 말끝을 흐렸다.

굳이 따지자면 묘청란은 자신에게는 입신의 기회가 된 셈이니 그때의 영광만을 기억할 수도 있었다.

그러나 젊은 나이에 서경성의 문이 열리고 건물들이 불타게 될 때까지 어떠한 참화들이 있었는가는 기억에서 지우고 싶다고 지울 수 있는 것이 아니었다. 이제는 말끔하게 다시 제 모습을 찾은 서경성을 다경루에 앉아 바라

보면서 김순부는 감상에 잠겼다.

"정사(政事)라는 것이 매우 혹독한 일이라, 사람 목숨을 파리 보다 하찮게 여기고, 어제의 앙금과 은혜도 조석으로 개변하여 적과 아군이 하루에도 수태 바뀌고, 돈과 계집이 오고 가며 사람의 헛된 욕망만 채우니 오늘이 어제 같지 아니할 것이오, 내일도 오늘 같지 아니하겠지요. 지나고 보면 긴 세월이지만 돌이켜 보면 꿈만 같아서 어찌 세월이 이리도 흘러갔는가 합니다. 나는 아직도 묘청, 그자의 서릿발 같은 목소리가 잊히지 않아요."

최윤의가 술을 한 잔 건네며 말했다.

진봉사에 참여한 높은 관품의 신료들은 서경유수사 최윤의와 함께 다경루에 올라가 앉았고, 나머지 이속(吏屬)들과 수행원들, 그리고 짐꾼들은 모두 누대 아래에 강변을 따라 펼쳐 놓은 연석(宴席)에 앉아 식사를 즐겼다.

정민은 품계가 있는 관료인지라 다경루에 올라 김정명 등과 함께 말석에 앉았다. 워낙에 멀끔한 외모이다 보니, 이내 사람들의 눈길이 그에게 가서 앉았다.

"그대가 정 과정의 아들인가? 이번에 내가 동지공거로 있었던 시험에서 급제하였다더니 사행길에 바로 따라나서게 되었구먼."

최윤의가 정민에게 말을 걸어왔다.

"금상폐하의 하해(河海)와 같은 성은이 아니었더라면 감히 이 자리에 앉기도 힘들었을 것입니다."

"괜히 겸손 떨 것 없네. 그렇다면 자네가 예빈경의 처질(妻姪, 처조카)이 되는 셈인가?"

"그렇습니다."

정민의 공손한 대답에, 괜히 머쓱하게 앉아 있던 최유청이 헛기침을 했다.

"그렇소. 내 처질이외다."

"참으로 헌앙한 조카를 두시었소. 집안의 복록이로소이다."

최윤의가 한 발짝 양보하여 최유청의 기를 돋아 주었다.

최윤의는 문극겸과 같이 나설 때와 물러설 때를 살피지 않는 저돌적인 간관은 아니었으나, 대쪽 같은 면이 있어서 좀체 옳다고 생각하는 일은 타협하지 않는 성품으로 유명했다.

그래서 대령후의 사건이 벌어졌을 때도 시시비비를 가리기보다는 왕제(王弟)는 사사로이 당여(黨與, 파당의 무리)를 만들어서는 안 된다는 원칙에 입각해서 정서 등의 탄핵에 손을 거들었던 것이다.

그러나 사실 따지고 보면 그로 인해 정 씨 일문이나 최유청 등에게 미안하게 된 점이 없잖아 있었다. 그래서 좀체 물러서지 않는 한 발짝을 물려 준 것이었다.

"감사드리오."

최유청도 그러한 최윤의의 의도를 알고서는 더 이상 신경전을 벌이지 않기로 마음먹고 물러섰다.

분위기가 조금 풀리는 듯하자, 예빈소경 김순부가 술잔을 한 바퀴 돌릴 것을 주문하며 정민의 옆자리에 앉은 김정명을 가리켰다.

"자네가 일전의 장원으로 동당시에 급제하여 이번에 출사한 김정명인가?"

"그렇사옵니다."

정민 옆에서 멀뚱히 앉아 뭐라 입도 벙끗 못하고 애꿎은 빈 술잔만 들여다보고 있던 김정명은 김순부의 부름에 화들짝 놀라 대답했다.

"자네부터 순배(巡杯)를 돌도록 하지. 따뜻한 청주를 사발에 부어다가 주욱 들이키시게."

나이도 나이거니와 직급의 차이가 김정명과는 어마하게 차이 나는 김순부였다.

감히 무슨 명이라고 거역을 하겠는가.

김정명은 왜 정민이 아니라 자기가 막내 노릇을 하게 되었는지 따질 생각도 못하고 술잔을 벌컥 들이켰다.

"참으로 호쾌하구려, 허허. 다음은 정민, 자네가 드시게."

정민은 이번엔 자기 차례가 돌아오자 왜 김순부가 겉보기에 인화(仁和)해 보임에도 불구하고 젊은 관료들에게서 소문이 그리 좋지 않은지 알았다.

술을 좋아하기로는 수위를 겨룰 자가 없는데다가, 자기가 마시는 주량만큼 다른 사람들에게도 강요가 있다는 것이었다.

여태까지는 오는 길에 술을 놓고 마실 만큼의 여유가 없어 김순부도 그런 생각을 못한 모양이지만, 연회상이 차려져 있는 지금은 절제할 생각이 없는 것 같았다.

정민은 혹여나 해서 힐끔 고모부 최유청을 보았으나, 그는 자기 옆에 앉은 최윤의와 기묘하게 겉도는 대화를 나누며 젓가락질만 놀리고 있을 뿐, 김순부가 주순(酒巡, 술잔을 돌리는 일)을 하며 젊은 관료들을 괴롭히는 것에는 별 관심이 없는 듯 보였다.

"어서 들이키지 않고 무엇하시는가?"

잠시 머뭇거리는 사이 김순부의 재촉이 재차 들어왔다.

정민은 어쩔 수 없이 사발 채 담긴 청자를 한 번에 들이켰다. 이렇게 한두 번쯤 마시는 건 좋은데, 보아하니 김순부는 이런 순배를 적어도 열댓 번은 돌릴 생각인 모양이었다.

"그럼, 그렇게 마셔야 술을 잘 마시는 것 아니겠는가. 또 그 옆도 드시게."

그날 날이 저물 때까지 김순부는 후배관료들을 데리고 술을 마셔 댔다.

정민은 적당히 눈치껏 요령을 피워 가며 정신을 붙들어 두었으나, 옆에서 주는 대로 받아 마신 김정명은 완전히 인사불성이 되어 있었다.

몇 번을 속을 게워 내고도 술을 부어 대니 버텨 낼 장사가 없을 것이다.

최유청과 최윤의도 물러가고, 연회도 이제 파장이 날 무렵, 정민은 술이 불콰해진 채로 서경성을 노려보고 있는 김순부의 뒷모습을 보고 기이한 느낌을 받았다.

정민은 그저 역사로만 접했을 뿐이지, 25년 전 도대체 이 성에서 무슨 일들이 있었는지를 명확히 알지는 못했다.

묘청이 서경천도를 추진했으나, 개경 세력의 반대에 부딪혀 왕이 마음을 돌리자, 서경에서 반기를 들었다가 그 일파와 함께 결국 실패하고 말았다는 골자 외에는 예전 도신에게 들은 잡다한 내용들이 전부였다.

그나마 도신도 그때의 이야기는 별로 하고 싶어 하지 않아서 더 묻기도 힘들었다.

"……서경(西京)이 아즐가 서경(西京)이 셔울히 마르는, 닷곤듸 아즐가 닷곤듸 쇼셩경 고외마른, 여해므론 아즐가 여해므론 질삼뵈 바리시고, 괴시란듸 아즐가 괴시란듸……."

중얼거리듯 별곡(別曲)을 부르는 김순부를 두고서, 정민은 김정명을 들쳐 업고 누대를 내려갔다.

남아 있는 사람들을 객사(客舍)로 데리고 가기 위한 관노들이 기다리고 있었다. 김정명은 김정명을 그들에게 건네고서 객사로 가기를 일단 사양하고 오저군을 찾았다. 남은 술배는 그와 채울까 해서였다.

서경에서 이틀을 머문 다음 다시 진봉사절단은 북쪽으로의 여정을 서둘렀다.

다시 나흘에 걸쳐 여러 서북변의 여러 고을들을 지나서 영주(靈州, 現 평안북도 신의주시)에 다다른 것은 나흘째 해가 저물 무렵이었다.

영주는 이제 막 고을이 설치된 지 삼십 년 남짓밖에 되지 않은 곳으로, 그전에는 흥화진(興化鎭)이라 불리는 국경의 군사 주둔지만 덩그러니 놓여 있던 곳이었다.

고구려의 멸망 이후 패서(浿西) 북쪽의 넓은 땅은 사실상 황폐하게 방치된 채 수백 년을 보냈다.

신라, 발해, 그리고 이어서 고려가 이 지역에 대한 지배권을 확립하고자 누차 시도했으나 그다지 효과적이지는 않았다.

고려 초기의 전략적인 북진정책과 더불어 서경의 재건과 남방으로부터 농민들을 차출하여 이 땅에 이식을 하고서야 겨우 행정체계와 관할권이 확립된 것이다.

상대적으로 북쪽 땅이라 농산물 소출이 적어, 부양할 수 있는 인구는 적은데 비해, 국경이 가까워 오랑캐들이 넘어오기 쉬웠으며, 혹여 전란이 일어나면 북방민족들의 주요 진공로가 되는 길목이라 피해가 극심했다.

그래도 최근에 이어진 안정기로 인해 다소간 인구가 늘고, 행정도 사뭇 체계가 잡혀 있기는 했다.

그러나 남쪽의 비교적 풍족한 농업지대에 비하면 궁벽하다고밖에는 하지 못할 상황이었다.

가는 곳마다 성벽이 둘러져 군사들이 주둔해 있고, 농민들은 피골이 상접하여 꼴이 말이 아니었다.

벼보다는 조와 수수, 그리고 기장을 심어 소출을 거두고, 그나마도 한발(旱魃)이 한번 지나가고 나면 남는 것이 아주 없었다.

그나마도 평야의 일부만이 개간되어 있으나, 벌써부터 눈이 쌓이기 시작한 산간지대는 깊은 수림에 뒤덮여 질박한 바람소리만 뿜어 댈 뿐 인적조차 없었다. 그야말로 광막한 동토의 지대였다.

"이 정도로 보기가 사나울 줄이야……."

정민은 저도 모르게 주변의 풍광을 보며 한숨을 내쉬고 말았다. 옆에서 말에 올라 있던 김정명이 맞장구를 쳐 왔다.

"서경 북쪽은 사람이 살 땅이 아니지요. 오로지 가는 곳마다 굶주린 병졸들과 광막한 땅만이 놓여 있습니다. 북방의 변경에 도(道)를 두지 않고 양계(兩界)를 설치한 것은, 외적을 막기 위한 군사적인 측면도 있습니다만, 결론적으로는 예하에 주현들을 두루 두기에는 인구와 식산이 모두 부족하기 때문이었지요."

"그래도 한때는 옛 고려의 중심지 아니었습니까?"

정민의 되물음에 김정명은 고개를 가로 저었다.

"그때와 지금은 다르지요. 옛 고려가 서경에 도읍을 두었을 때 북방으로 2천 리는 나아가야 나라의 경계였으며, 남쪽으로는 백제와 신라를 쳐서 풍족한 땅을 얻기 위해 그곳에 도읍을 두고 나라를 다스릴 이유가 있었지요. 결과적으로 묘청이 실패한 것은 비단 개경 세력의 견제뿐만 아니라, 아직 서경이 한 나라의 황도(皇都)가 되기에는 못 미치는 면이 있다는 사실 때문이기도 하지 않겠습니까?"

김정명의 말마따나, 지나오면서 보니 과연 그랬다. 특히 청천강을 지나오고 나서부터는 더욱 그러했다.

청천강 이북은 국초에는 고려의 강역에 들어오지 않았던 땅이었다. 이후에 압록강 하구까지 국경을 점차 확장해 나가면서 새롭게 얻은 땅들인 셈이다.

그러다 보니 인구가 적고 드물지 않게 비적(匪賊)들이 출몰할 정도로 아직 충분히 안정되지는 못한 땅이었다.

전략적으로 진보(鎭堡)들을 고을로 품계를 올려 방어
사(防禦使)를 두려하고 있었으나, 고을의 품계에 걸맞지
않게 성읍들은 왜소하고 빈한했다.

"이곳 영주를 지나서 저 멀리 보이는 압록수를 건너면
바로 금국입니다."

김정명이 손끝이 가리키는 곳을 보니 과연 푸른 빛 차
가운 물이 넘실거리며 서남쪽으로 흘러가는 것이 보였다.
그 강의 남쪽 하안(河岸) 둔덕 위에 쓸쓸하게 토성(土城)
하나가 서 있었는데, 그곳이 영주의 본성(本城)이라고
했다.

"본성이 있다면 지성(枝城)도 있다는 말씀이십니까?"

"더 위로 올라가면 위원진(威遠鎭) 같은 국경 요새들
이 있습니다. 그다지 규모는 크지 않지만 그래도 나라의
경계를 지키는 진채들이니만큼 병사들은 정예라고 합니
다."

고려와 같이 무반을 천시하고 병역을 지는 것을 천한
일이라고 생각하는 나라에서, 과연 국경 진채라고 해서
얼마나 정예들이 있을까 의문스럽긴 했지만, 정민은 괜
히 따지는 것은 그만두고 시선을 영주성으로 돌렸다. 병
력이 주둔중임을 알리는 깃발이 누대도 없는 성문 위에

덩그러니 나부끼고 있었고, 멀리서 사절단이 오는 것을 확인한 병졸 하나가 징을 쳐서 성내에 알리고 문을 여는 것이 보였다.

"오늘은 여기서 머물고, 내일 날이 밝거든 배를 준비하여 강을 건너 금국으로 들어갈 것이다."

앞에서 예빈경 최유청으로부터 내려온 명이 행렬에 하달되었다. 도합 500인쯤이나 되는 사행단이다 보니, 앞에서 소리치는 소리가 바로 끝까지 전달되지는 않았다. 농로나 다름없는 좁은 도로를 따라 짐들을 끌고 500명이나 되는 인원이 걸어가다 보니 한 리쯤 되는 길에 사람이 늘어져 있는 셈이었다. 정민과 김정명은 그 후미에 있었다.

"정 공은 금나라에 전에 다녀온 적이 있으시다 들었습니다만."

앞쪽에 있던 사람들부터 하나둘 씩 성내로 들어가는 중에, 김정명이 뜬금없이 그런 이야기를 걸어왔다. 정민은 출처가 어디인가 의심하지 않아도 알 것 같았다. 그는 바로 뒤에서 황을 담은 단지들을 잔뜩 실은 수레가 잘 옮겨지도록 감독을 하고 있는 오저군을 슬쩍 흘겨보았다.

"일전에 한 번 배를 몰아 동해로 나아갔을 때에 갈라

전에 들린 일이 있습니다."

"저는 이번에 처음으로 나라 밖을 나가 봅니다."

김정명은 걱정이 되면서도 자못 설레는 모양이었다. 동당시를 보고자 김정명을 일종의 과외 선생으로 초빙하였을 때 정민이 느낀 것은, 김정명이 똑똑하고 총기가 있지만 세상 물정에는 밝지 않다는 것이었다.

머리가 좋은 것과 세상일에 기민한 것은 좀 다른 문제였다. 확실히 김정명은 처세술이 좋은 편은 아니었고, 집안도 상대적으로 한미하다 보니 조정의 알력 다툼에 대해서도 아는 바가 거의 없었다. 그래서 이번 사행에 위기감을 느끼기보다도, 관직에 출사한 지 얼마 안 되어 좋은 기회를 얻게 되었다고 생각하는 모양이었다.

그러나 괜히 정민은 초를 치기 싫어서 그에게 맞장구를 쳐 주었다.

"나라 밖을 한 번 보게 되면 눈이 트이지요. 고려 밖에도 또 다른 세상이 있구나 하고 말입니다. 언젠가는 저도 송나라에도 가 보았으면 하는 생각이 간절합니다."

"송과 공식적인 국교가 모두 끊어진 것이 아쉽기만 한 노릇입니다."

김정명은 정민의 말에 실로 아쉽다는 듯 그렇게 말했다.

"금과는 땅을 맞대고 있으나 송은 바다 너머에 있으니, 결론은 가까운 곳의 위협을 방비하기 위해서 금에 사대할 수밖에 없지요. 고려에 충분한 힘이 없다면 오랑캐라 멸시하면서도 이렇게 금 황제의 기분에 따라 사절을 꾸려 보내야 하는 일을 감수해야 할 겁니다."

"그렇긴 합니다만, 어디까지나 사대라는 것도 필요에 의한 시늉이지요."

정민은 김정명의 생각이 의외라서 놀랐다. 이 시대 사람들은 나름의 국제적인 안목과 정치적 시각을 가지고 있었다.

현대의 생각을 투영할 것이 아니라, 이 시대 사람의 관점에서 본다면 얼마 안 되는 정치적 자원을 투여하여 금나라의 비위를 맞춰 주고 혹여 모를 전쟁을 막을 수 있다면 그것이 남는 장사일 것이다.

왜구도 없는 시대라 사실상의 위협이 거의 북방으로부터 오는 것임을 감안한다면, 고려가 금나라의 발흥 이후 대금(對金) 외교에 신경을 쓰게 된 것은 당연한 수순이었다.

연운십육주(燕雲十六州)를 제외하고는 중원의 땅을 얻지 못한 거란의 요나라와, 화북 지역을 통째로 집어삼

킨 금나라의 경우는 국력에 있어서 큰 차이가 있을 수밖에 없었고, 따라서 예전에 요와 북송 사이에서 긴밀한 줄타기 외교를 하던 수완이 이러한 국면에서는 발휘될 수 없었다.

거기에 남송이 고려와의 외교도 끊어 버리는 바람에 고려는 자연스레 금나라에 편중된 외교정책을 할 수밖에 없게 된 셈이었다.

이 시대의 관점에서 보자면 이러한 일들은 아주 자연스럽게 진행된 것이었으며, 다들 나름의 합리적 판단하에 진행된 것이었다. 물론 정민은 이 틀을 깰 필요가 있다고 생각하고 있었다.

자신이 생각하는 무역을 통한 부국(富國)의 창달을 위해서는 일방적으로 어느 큰 나라에 종속된 외교는 좋지 않았다.

"바람이 세차군요. 다녀올 만한 길이 될 것인지……."

마지막 사람까지 영주 성내로 들어오고 나서 성문이 그르렁 거리는 소리를 내며 닫혔다.

김정명의 중얼거리는 소리가 세찬 강바람에 밀려서 잘 들리지 않았다. 정민은 문득 하늘을 쳐다보고 땅으로 쏟아질듯 찬란하게 펼쳐진 은하수를 보고 감탄했다.

어느덧 해가 져서 이른 밤이 찾아온 모양이었다.

❖　　❖　　❖

금나라 동경(東京) 요양부(遼陽府).

요양부 관저에 누운 완안옹(完顔雍)은 좀체 잠을 이루
지 못하고 있었다.

이미 이곳 요양은 북쪽의 이른 겨울이 찾아오기라도
한 것인지 밤새 외풍이 창을 두드려 대고 있었다. 몸은
피곤에 지쳐서 침상에서 꼼짝도 할 수 없을 정도였지만,
어쩐지 눈만은 감기지 않고 정신이 또렷했다.

술기운에라도 잠을 청해 볼까 해서 주안상을 내어 오
도록 시켰지만, 술마저도 입에 들어가지 않아 괴로운 생
각으로 긴 밤이 흐르고 있었다.

"아……."

이렇게 춥고 긴 밤에는 옆에서 따뜻한 목소리로 조곤
거리며 이야기를 건네 왔던 아내의 품이 생각나서 견딜
수 없었다.

일렁이는 등롱 아래에 홀로 외로이 있다는 사실을 확
인할 때마다 완안옹은 비탄에 잠겨서 입이 떨어지지를

않았다.

사무치는 마음이 들 때마다 잊어 보려 했지만 그것이 마음대로 될 리가 없었다.

멀리 중도에서는 자신의 원수가 제관(帝冠)을 쓰고 앉아서 태평한 밤을 보내고 있을 것이다.

아내를 겁간하고 죽음으로 몰아넣은 그의 사촌을 생각할 때마다 완안옹은 분노로 이를 갈았다.

그 일이 있은 뒤로 잠을 제대로 이룬 적이 없었다. 단단한 강골(强骨)이 야위어 가고 눈 밑에는 검게 피곤의 흔적이 남았으나, 완안옹은 결코 자신의 일상으로 돌아올 수가 없었다.

세상에는 더 이상 아내도 없고, 자신은 내쳐지듯이 동경으로 쫓겨나 영을 내릴 권한마저도 빼앗긴 명목상의 유수(留守)라는 벼슬만 달고 있을 뿐이었다.

괴로운 일이었다.

긴긴 삼경(三更)의 밤마다 분노로 피눈물을 삼키면서도 무언가를 할 수 없는 자신이 괴로웠다. 스스로의 얼굴조차 보기 괴로워 동경(銅鏡)에 자신의 얼굴을 비추어 단장한 지도 이미 오래되었다.

관저에서 두문불출하며 오로지 시비가 챙겨다 주는 음

식만 간신히 입을 대고 꼼짝 않은 지도 또다시 벌써 나흘
째.

무기력과 폐부를 찌르는 것 같은 아픔이 번갈아 찾아
오며 그의 정신을 괴롭히고 있었다.

그의 나이 서른여덟.

이제 완숙하게 그동안 품어 온 자신의 뜻을 펼쳐 볼
나이이건만, 그는 마치 요즘 인생을 다 보낸 사람과 같이
피폐해져 있었다.

"들어가겠습니다."

뜬 눈으로 침상에 누워 등롱불에 어스름하게 보이는
천장 한구석만을 응시하고 있던 완안옹의 귀에 젊은 여
인의 목소리가 들려왔다.

그는 대답을 하지 않았다. 찾아올 사람은 한 명뿐이었
다. 누군지 보지 않아도 알 수 있었다. 여인은 대답을 기
대하지 않았는지, 문을 젖히고 들어와 완안옹에게로 다
가왔다.

"잠을 못 이루고 계실 것 같았습니다."

"되었다. 물러가라."

완안옹은 그녀에게 시선도 주지 않은 채로 돌아누워서
말했다. 그러나 그녀는 개의치 않는 듯이 완안옹의 침상

아래에 앉아서 그의 어깨에 손을 뻗었다.

"이러시다가 몸이 다 상하십니다."

"네가 관여할 바가 아니다."

"소첩은 어찌 되었든 이제 상공의 아내입니다. 그리 말씀하시면 아니되십니다."

내 아내는 하나뿐이다, 라는 말이 완안옹의 목구멍까지 치밀어 올라왔지만, 그는 다시 그 말을 삼켰다. 사실 따지고 보면 이 여자의 죄가 아니었다.

"미안하다."

"소첩에게 당장 정을 달라고 하는 말이 아닙니다. 그저 바라는 것은 기력을 찾으시는 것뿐입니다. 상공께서 이리 식음을 전폐하고 누워만 계시는 것이야말로 중도의 황제가 바라 마지않는 일 아니겠습니까. 왜 그 폭군이 원하는 대로 행동하고 계십니까?"

"그만! 누가 듣는다."

완안옹은 사나운 목소리로 그의 젊은 새 아내에게 쏘아붙였다. 그러나 이 대쪽 같은 여자는 눈빛 하나 흔들리지 않고 완안옹의 어깨에 올려놓았던 손에 힘을 주었다.

"상공!"

"……."

"제 아비를 비롯해 상공께 힘이 필요하다면 얼마든지 부름에 응할 사람이 이 요양 땅에는 널리고 널렸습니다. 이곳은 전사의 기풍이 살아 있는 곳입니다. 이곳 사람들은 주색이나 즐기며 한족 흉내를 내는 황제를 기꺼워하지 않습니다. 이들이 원하는 군주는 기골과 기품이 있어 엎드려 섬길 만한 사람입니다."

"날 더러 이제는 반역의 검을 들라고 추동하는 것인가?"

"반역의 검이 아니라 일을 바로잡는 정검(正劍)이지요."

완안옹이 폐부 깊은 곳에서 나오는 신음을 토해 냈다. 그는 차마 자신의 새 아내를 볼 용기가 없었다.

이연(李蓮)은 젊고 아름다운 여자였다. 본래 완안옹과 그녀는 사촌지간이었다. 이연의 아버지인 이석(李石)이 완안옹의 어머니인 이 씨(李氏)의 동생이었던 것이다.

이석의 집안은 본래 발해(渤海)의 말예(末裔)로, 대대로 요양에 세거를 꾸리고 있던 집안이었다. 발해가 망한 뒤에는 요나라에 출사하였고, 요가 망한 뒤에는 금에서도 관직을 받았다.

완안옹의 아버지인 완안 오리도[完顔訛里朶]는 금 태

조의 삼남으로, 발해계를 포섭하고 요동을 안치(安置)하기 위한 정략적 이유로 완안옹의 어머니와 혼인을 맺게 된 것이었다.

그 이후로 이 씨 가문은 완안옹의 든든한 뒷배가 되어 주었다. 외삼촌 이석은 완안옹이 처인 우린다 씨를 황제에게 빼앗겨 잃게 되자, 오히려 자신의 딸을 시집보내어 완안옹을 돌보게 할 정도였다.

그때 이석은 중도에서 벼슬을 지내고 있었는데, 황제가 '저놈이 갈왕(葛王)의 장인 아니냐?' 라며 우롱을 하자, 그 다음 날로 관복을 벗고 요양으로 낙향할 정도의 배포가 있었다.

황제는 물론 갈왕, 곧 완안옹의 장인이라는 이유만으로도 이석이 관복을 벗는 것은 마땅하다며 오히려 희희낙락하여 그 사직을 수락하였다.

이석은 요양에 내려간 뒤 사실상 반 폐인 상태인 조카이자 사위를 염려하며 요양에서 은밀히 나중에 그를 위해 쓰일 기반을 다지는 데에 주력했다. 물론 이 모든 것이 은밀히 이루어져야만 했었다.

황제는 미친 구석이 있지만 무작정으로 우둔한 자는 절대 아니었다. 잠재적 경쟁자인 종실의 왕공(王公)들을 대놓고 목을 베거나 이유 없이 토평(討平)하지 않고, 아내를 뺏거나 모욕을 주거나 해서 알아서 자리에서 물러가도록 하는 비열한 방법을 쓰고 있었다.

그런 와중에 정치적 중심지를 여진 토착 세력의 입김이 센 상경(上京)으로부터 중도로 옮긴 것도 자신의 영향력을 굳건하게 만들기 위한 고려가 전연 없다고는 할 수 없는 것이었다

그렇게 간교한 면이 있는 황제이니만큼, 요양으로 사실상 폄직(貶職)해 쫓아 버린 완안옹에 대해서도 주시의 눈길을 거두지 않았다. 동경 요양부의 실권을 유수인 완안옹에게 주지 않고 부유수(副留守) 고존복(高存福)에게 주고서 완안옹의 일거수일투족을 감시하고 보고하게 한 것이었다.

이런 사정을 이석이 모를 리가 없었다.

그러나 그에게는 요양과 그 일대에서 수백 년을 내려온 단단한 기반이 있었다.

원한다면 고존복이 모르게 무언가를 꾸미는 것도 불가능한 것은 아니었다. 어차피 지금으로서는 섣부르게 움직일 수 없으니 완안옹이 실의에 잠겨 사람 구실을 못하는 것도 그는 억지로 어떻게 해 보려 하지 않고 내버려

두었다.

시간이 해결해 줄 문제라고 생각했으며, 어느 때인가 준비가 된다면 그때에는 결국 다시 일어서게 될 것이라는 게 그의 판단이었다.

그러나 생각보다 정세가 돌아가는 국면이 촉박했다. 금명 간에 황제는 진정으로 남송을 치기 위한 전쟁을 일으킬 생각인 모양이었다.

만약 이 전쟁이 승전으로 마무리 된다면 그 시점에서는 황제를 거꾸러뜨리기는 사실상 불가능해진다. 그리고 그것은 완안옹을 비롯한 이 씨 일가에 대해서는 사형선고와도 같은 것이었다.

"지금 정녕 전하의 등 뒤에 독을 묻힌 칼이 겨누어져 있는 것을 모르십니까?"

"……."

"제 부친이 전하를 대신하여 사병들을 데리고 동경로 각지를 순검(巡檢)하고 다니고 있는 것은 잘 아시지요?"

"삼촌께는 늘 고마울 뿐이오. 그러나……."

"부친이 전하께는 알려 드리지 말라고 했으나, 소첩이 보기에 필히 전하께서는 이 사실을 아셔야 할 것 같아서 말씀 드리고자 하는 것입니다."

"무엇을 말이오?"

완안옹의 물음에 이연은 그의 귀에 입을 가져가 무어라고 말을 전했다. 이연의 입이 움직일 때마다 완안옹의 근육이 파르르 떨렸다. 그는 차마 믿을 수 없다는 듯 눈이 벌개져서 분노의 침음을 삼켰다.

"그게 정녕 사실이오?"

"곧 고려 사신이 당도하게 되면 아시게 되겠지요."

"……."

"나라를 흔들려 하는데, 뒤에 적의 우군이 생기도록 두실 생각이신가요?"

반역을 하라는 이연의 노골적인 말에도 완안옹은 가타부타 대답이 없었다. 그는 한참을 눈을 감은 채로 앉아 있었다. 그리고 다시 눈을 떴을 때, 그의 눈에는 슬픔이 여전히 짙게 깔려 있었으나, 후회와 비탄 보다는 결연한 설욕의 의지가 비치고 있었다.

여름이 끝날 무렵 중도로 출발하였는데, 다르발지는 아직 중도에 다다르지 못하고 요양에 발이 묶여 있었다.

다름이 아니라 조인영(趙璘英) 때문이었다.

송나라 황실의 핏줄을 이어 받은 여인이라고는 하나, 평생을 사실상 금나라가 송황가의 말예들을 억류해 놓은 척박하고 좁은 경계 안에서 살아온지라 말을 탈 줄도 몰랐다.

말을 타지 못한다면 걸음이라도 재바르면 좋을 텐데 그마저도 조금 걷다 보면 발이 퉁퉁 부어 움직이지 못하기 일쑤였다. 그렇다고 기껏 구해 준 것을 버리고 갈 수도 없으니 다르발지는 속이 타들어 갔다.

이러한 조인영의 약한 체력보다도 큰 문제는 바로 그녀의 외모였다.

아무리 남장을 해도 숨겨지지 않는 절색의 미모가 사람이 많이 모이는 곳에서는 탈이 되었다.

다르발지조차도 스스로를 꽁꽁 숨기고 남자인 행세를 하여도 가까이서는 금방 여자인 줄 알아볼 정도인데, 조인영은 아예 그런 사실이 숨겨지지가 않았다. 때문에 일부러 사람이 없는 곳으로 다니고자 했는데, 그나마도 산림지대가 끝나고 요동의 광활한 개활지(開豁地)로 나오고 나서부터는 가능하지가 않았다. 어쩔 수 없이 사람이 사는 마을들을 지나가야 했고, 그때마다 원치 않는 고역을 겪을 뻔했다.

"면목이 없습니다. 제가 짐이 됐네요."

조인영은 여진말을 잘하지 못했다. 다르발지는 한어
(漢語)를 모른다.

둘 사이의 말은 아주 간단하고 짧은 여진어로 이루어
졌다. 다르발지는 어느 순간에 가서는 조인영이 답답하
고 짜증이 나서 화가 날 정도였지만, 시무룩해져서 혹여
나 아무도 모르는 이 광막한 요동벌판 어디에 버려질까
싶어 전전긍긍하는 조인영을 보면 뭐라고 한마디 하려던
입도 쑥 들어갔다.

'중도까지는 여차저차 데리고 간다고 해도 그다음엔
어떻게 하지?'

다르발지는 조인영 때문에 곤혹스럽다고 해서 그녀를
그냥 내버려 두고 자기 갈 길을 갈 생각은 없었지만, 그
렇다고 언제까지고 달고 다닐 수도 없으니 곤혹스럽기
짝이 없었다.

"이제 포수워온의 경계가 다 끝나 가고, 여기서 이틀
길만 가면 줄러긴이다."

다르발지가 말 위에 앉아서 벌판 저 끝을 가리키며 말
했다. 조인영은 살짝 곤혹스럽다는 표정으로 어렵사리

되물었다.

"어디쯤이라고 다시 한 번만 말씀해 주실 수……."

평생을 송나라 황족끼리 유폐된 곳에서 지내다 보니 조인영은 금나라 지리에도 어두웠고, 여진말로 된 지명에는 더더욱 그랬다. 조인영은 한숨을 푹 쉬고서는 고개를 저었다.

"너는 송나라 글자를 읽을 줄 알지?"

"네."

조인영은 송나라 글자 말고 다른 글자도 있냐고 되물으려다가, 여진족에게도 글자가 있다는 사실을 알고서 입을 쑥 다물고 대답만 간결하게 했다.

다르발지는 이것이 또 무슨 생각을 하나 싶어 의심스러운 눈초리로 잠시 쏘아보다가 입을 열었다.

"저기 경계석이 서 있으니 읽어 보고 와."

다르발지의 말대로 얼마 떨어지지 않은 노상(路上)에 돌에 새긴 경계 표지가 하나 쓸쓸히 서 있는 것이 보였다.

노지(露地)의 늦가을 바람에 쓰러지듯 누워 버린 억새들을 헤치고 스무 발짝쯤 가서 조인영은 그 표지를 살펴보았다. 풍파에 관리가 잘되지 않아 글씨가 마모가 되어

있었지만, 익숙한 한자를 읽어 나가는 것은 어렵지 않았
다.

　동경로 요양부(東京路遼陽府) 회령부로(會寧府路) 파속로
(婆速路) 계(界).

　단출하게 그렇게 쓰인 것만 봐도 대충 알 수는 있었다.
정확한 지리적 위치는 잘 몰랐지만, 동경(東京)이 요양
(遼陽)이라는 사실은 조인영도 알고 있었다.
　'줄러긴이 동경이로구나.'
　의사소통이 가능할 정도의 여진말만 익힌 조인영은 여
진어로 복잡한 정보를 주고받는 것에는 매우 어려움을
느꼈다.
　다르발지가 금나라 도읍인 중도로 간다는 이야기만 듣
고, 그 뒤로는 무슨 지명을 대도 알지 못하니 그냥 듣고
흘려 넘겼었다. 그렇게 한참을 왔으니 이제는 중도에 가
까워지지 않았을까 혼자 기대하고 있었던 것이 머쓱해서
조인영은 얼굴을 붉어졌다.
　"저, 다르발지 님."
　조인영은 괜히 미안해진 마음에 일어나서 다시 다르발

지에게로 가려다가, 그녀가 말에서 내려 활을 어디론가 겨누고 있는 것을 보고 흠칫 놀랐다.

갑작스럽게 무슨 일인가 싶어 절로 등에서 식은땀이 흘러내리는 것을 느끼고서는 주변을 보니, 멀리서 말을 타고 있는 군인들 몇이 자신들을 조여 오고 있다는 사실을 눈치챌 수 있었다.

다르발지는 괜히 경거망동하지 말고 진정하라는 듯 손바닥을 아래로 내리며 조인영에게 주의를 주었다. 조인영은 조언대로 살짝 몸을 낮추어 억새들 사이에 숨은 다음 숨을 가다듬으려고 했다.

어쩌다가 이런 난망한 지경에 매번 빠지게 되는지 그녀는 자신이 원망스러웠다.

'차라리 나도 글 같은 것을 배우지 않고 칼이나 활을 다루는 법이라도 배웠더라면, 지금쯤 내 한 몸 남에게 의지하지 않고 지켜 낼 수 있을 텐데.'

그러나 지금 당장 그녀가 이 상황을 타개할 방법은 없었다. 그저 다르발지에게 의지하며 방해가 되지 않도록 하는 것밖에는.

"거기 억새 사이에 웬 놈이냐? 똑바로 일어서서 몸을 드러내라."

아직 충분히 다가오지 않은 듯 병사들의 호통 치는 소리가 멀리서 들려왔다.

조인영은 몸을 바짝 숙이며 제발 그들에게 자신이 보이지 않기를 기원했다.

"줄러긴으로 가는 객들이오. 그냥 보내 주시오."

"문제가 없는 자들이라면 검속(檢束)을 한 뒤 금방 보내 주겠다. 우리는 줄러긴에서 경계를 순찰코자 나온 병사들이다. 활을 내려라."

다르발지는 원치 않았지만, 10명이 넘는 기마병들을 상대로 대적하는 것은 무리라는 것을 직감하고 활을 땅에 내려놓았다. 그냥 의심 없이 길을 피해 가 주면 좋겠다고 생각했지만, 저들의 검속을 피하는 것은 무리인 듯싶었다.

"거기 수풀에 등만 보이는 놈도 몸을 일으켜라."

조인영이 충분히 몸을 감추지 못한 것인지, 아니면 병사들 가운데 유별나게 시력이 좋은 자가 있는 것인지, 이백 보 거리에서 조인영도 발각되고 말았다.

그녀가 어쩔 수 없이 몸을 일으키다가 그만 삿갓이 벗겨지고 말았다.

"너는 도대체 뭐냐?"

"내 아내요. 건드리지 마시오!"

머리를 자르고 가슴을 동여맸다고 여성스러움이 사라질 얼굴이 아니었다.

삿갓을 벗기면 누가 보아도 조인영은 여자였지 남자라고 볼 수 없었다. 다르발지가 당황해서 황급히 다가가는 병사를 제지하고자 외쳤지만, 오히려 병사의 날카로운 의심만을 샀을 뿐이다.

그들은 이내 날카롭게 찢어지는 목소리에 다르발지도 여자라는 것을 눈치채고 말았다. 서넛이 다가와서 다르발지의 팔을 잡아채고 그녀가 쓰고 있던 삿갓도 벗겨 버렸다. 그러자 맨 얼굴임에도 선이 유려하고 콧날이 날카로운 다르발지의 모습이 그대로 드러났다.

"너도 여자로구나."

"……."

이쯤 되면 부정해 보아야 소용이 없는 일이다. 다르발지는 그냥 입을 다물고 대답을 하지 않았다.

그나마 불행 중 다행이라면, 산속에서 마주친 여진병들과 다르게 동경부에 속한 병력이라 그런지 음심을 드러내거나 하지는 않았다는 것이었다.

그들은 매우 수상쩍다는 의심의 눈빛을 서로 주고받으

며 어찌 처리해야 할까 고민을 하는 듯 보이긴 했지만, 음욕에 눈이 번들거리며 어떻게 욕심을 채울까 하는 모습은 보이지 않았다.

"아녀자 둘이서 무슨 연유로 줄러긴을 향하는 것이냐?"

병졸들을 통솔하는 자로 보이는 투구를 쓴 사람이 다가와서 묻는다.

"줄러긴에 있는 상공을 뵈러 가는 처첩들입니다."

다르발지는 괜히 어깃장을 놓았다가 곤란해질까 해서 말을 높이며 태도를 은근슬쩍 바꾸었다.

그녀는 거짓말이 아니라는 듯 눈에 힘을 주고서 똑바로 병사를 쳐다보며 말했다. 그는 잠시 의심스럽다는 듯 고개를 젓더니 다시 되물어 왔다

"그런데 왜 남자로 변복까지 하고 무기를 쥐고 다니는 것이냐?"

"그렇지 않다면 여자 두 명만으로 어떻게 먼 길을 가며 몸을 지키겠습니까?"

틀린 말은 아니라고 생각했는지, 병사는 고개를 끄덕였다. 그러나 그래도 순순히 보내 줄 생각은 없는 듯 보였다.

"우리가 어차피 성으로 돌아가려 했으니, 지금부터는 보호를 해 주도록 하겠다. 도착해서 조사를 받고 만약 성중에 네가 말한 남편이 있다면 그리로 안전하게 보내질 것이오, 아니라면 이를 해명해야 할 것이다."

다르발지가 말한 상공이라는 것이 고려사람 정민이니 동경 요양부 성 내에 있을 리가 없었다.

괜히 일을 키웠나 싶어 입이 썼지만 지금으로서는 별다른 도리가 없었다. 순순히 그들에게 에워싸인 채로 말을 끌고 동경부까지 가는 것이 유일한 선택지였다.

"다, 다르발지 님. 괜찮을까요?"

옆에서 불안한 기색으로 조인영이 소곤소곤 물어 왔으나 다르발지는 무어라 대답을 해 줄 수가 없었다.

❖   ❖   ❖

압록강을 건너면 영주의 맞은편이 바로 파속로(婆速路, 포수워온)의 치소(置所)가 놓여 있는 성채와 읍락이었다. 이곳에서 동경(東京, 줄러긴) 요양부에다가 고려 사신이 입경하고자 한다는 전갈을 보내고 허가가 떨어지면 수백 리를 나아가 동경 요양부로 가도록 되어 있었다.

진봉사절단은 정해진 대로 수순을 밟아서 파속로의 소재지인 이곳에서 사흘을 기다리며 쉬었다가, 입경허가를 받고 북쪽으로 나아가기 시작했다.

여진족은 대개 유목민족이라기보다는 반농 반수렵의 민족이었으며, 대체로 주거지들 또한, 거란인들과는 다르게, 천막이나 텐트 보다는 정주지에 나무로 집을 짓고 집 한쪽에다가 흙을 도톰하게 쌓아 아궁이겸 구들장으로 쓸 수 있는 제대로 된 집을 지었다.

물론 손님이 오거나 하면 큰 천막을 쌓아서 거기에 모시는 경우가 많았으나, 기본적인 여진 풍습은 마을 단위의 정주생활임에는 틀림없었다.

특히 일전에 정민이 다녀와 보았던 갈라로보다도 요동 땅에 속하는 이곳 파속로가 정주민의 수가 훨씬 많았고, 오래전 고구려 때로부터 여러 종족이 잡거해 온 땅답게 분위기도 사뭇 달랐다. 도로의 상태도 생각만큼 나쁘지 않아 사절단은 바삐 움직여 동경까지 며칠 걸리지 않아 도착했다.

"동경 부유수 고존복이오."

"고려국 예빈경 최유청이오."

어딘지 모르게 얄밉게 생긴 동경부유수가 성 밖 10리

에 마중을 나와 있었다.

그가 말에서 내리지 않은 채로 거들먹거리며 인사하자, 예빈경 최유청 또한 말에서 내리지 않은 채로 대답했다.

"일단 성내로 드시오."

최유청의 꼿꼿하게 숙이지 않는 태도가 마음에 들지 않았는지 고존복이 못마땅하다는 듯 코웃음 치고서는 별다른 환영사도 없이 말의 기수를 돌리며 말했다.

꽤나 무례한 행동이라 고려의 사절단에서 웅성거림이 일었다. 아무리 고려가 금나라에 사대의 예를 갖추기로 하였다지만, 일국의 사절단을 책임진 예빈경이 황족도 아닌 일개 부유수에게 말에서 내려 예를 다할 이유는 없었다.

약간의 불쾌함과 떨떠름함을 안은 채로, 약 50여 인의 병졸들의 호종을 받아 고려 사절단은 동경 요양부 성내로 들어갈 수 있었다.

요양부의 객관은 성의 중심부에 있었는데, 이곳은 으레 고려 사절단이 중도로 입경하기 전에 늘 들려서 머물고 가는 곳이었다. 보통은 여기에 여장을 풀고 나면 동경의 유수가 직접 연회를 베푸는 것이 관례였는데, 어쩐 일

인지 동경유수는 얼굴도 보이지 않고 부유수인 고존복마
저도 더 이상 얼굴을 내밀지 않았다.

"이곳 성내의 분위기가 심상치가 않습니다."

"금나라 황제가 일부러 우리를 박대하라 명을 내리기
라도 한 것인지 의문스럽네."

불편한 기색으로 객관의 상실(上室)에 앉아 있는 최유
청에게 정민이 성내의 동태가 수상함을 말했다.

이미 성내로 들어오고 나서부터, 오저군에게 객관 밖
의 분위기를 알아보고 오라고 주문해 둔 뒤였다.

오저군은 재바르게 성내에서 고려말을 할 줄 아는 사
람을 찾아 요즘 이곳의 시사(時事)가 어떠한지 듣고 와
정민에게 대강의 내용을 전했다.

"그런 것은 아닌 듯하고, 이 요양성 안에서 알력 다툼
이 좀 있는 듯합니다."

"자네가 그것을 어찌 아는가?"

"사절단에 저를 쫓아 따라온 상인에게 성내의 소문을
물어 오라 하였습니다."

"그래?"

시큰둥하게 듣고 있던 최유청의 귀가 그제야 움직였
다. 그는 몸을 정민 쪽으로 고쳐 앉고서는 말을 더 해 보

라는 시늉을 했다.

"지금 요양의 유수는 갈왕(葛王) 완안옹인데, 이자는 황실 종친이나 황제에게 미운털이 박혀서 이곳으로 내쳐졌다고 합니다. 때문에 아무런 실권도 없고 자리만 유지하고 있는데, 실질적으로 황제의 명으로 이자를 감시하면서 요양의 통치를 행하고 있는 것은 부유수 고존복이라고 합니다."

"그렇다면 문제가 될 것이 있는가? 사실상 유수가 고존복이라고 보면 되는 것 아닌가?"

"그런데 실질적으로 요양의 세가(世家)들과 군민의 민심이 모두 완안옹에게 가 있으니 문제가 되나 봅니다. 발해계로 이곳의 유지인 이 씨 가문이 완안옹의 처가이자 외가가 되는데, 이들 때문에 사실상 고존복이 제대로 요양을 장악하지는 못하고 있는 모양입니다."

정민의 말에 최유청의 미간이 살짝 찌푸려졌다. 그는 잠시 무언가를 생각하더니, 정민에게 다시 되물어 온다.

"조카 생각에는 우리가 그렇다면 어찌 해야 좋겠는가?"

"저희는 진봉사로 요양의 내정이나 금나라의 알력 다툼에 말려들어서는 안 됩니다. 그저 무탈하게 최대한 요양에 머무는 시간을 줄여 중도로 향해야지요."

"그러니까, 요(要)는 고존복이 우리에게 제대로 대접을 하지 않은 것은, 황제의 명령을 따라서라기보다는 요양에서 자기 권위를 세우기 위한 것이고, 더불어 우리가 거기에 일희일비 할 바 없이 미지근거리지 말고 중도로 향하자는 말이로구먼."

"그렇습니다."

"조카가 듣던 대로 머리가 잘 굴러가는구먼."

최유청은 만족스럽다는 듯이 수염 터럭을 쓰다듬고서는 자리에서 일어났다.

"진봉사 전체에 함부로 객관 밖을 나다니지 말고 요양에 있는 동안은 조용히 머물라고 명을 내려야겠다."

오저군은 요양에 도착한 뒤로, 이래저래 정민에게 지시 받은 대로 성내의 동태를 살피는 동시에, 수레에 실어온 황을 팔 곳을 물색하러 다니고 있었다. 요양은 고려와의 경계로부터도 멀지 않은 곳이고, 더불어 옛 고구려와 발해의 구지(舊地)인 탓에 고려말이 썩 통하는 상인들을 찾기는 그렇게까지 어렵지는 않았다.

"이 정도 양의 황을 매입해 줄 사람이 요양이나 근처에 있소?"

"황이라……. 귀하기는 합니다만, 대체 누가 이만큼 많은 양의 황을 한번에 쓴단 말이오?"

요양성 한 귀퉁이에서 만난 거간꾼은 미간을 좁히며 수레에 쌓인 황을 한 번 흘끔 보고서는 오저군에게 말했다.

황을 덮은 거적을 젖히자 썩는 냄새가 온 사방에 진동을 했다. 시큼한 황 냄새에 기가 질린다는 듯, 거간꾼은 코를 손으로 쥐어 틀어막고서는 손짓을 하여 오저군을 자기 창고에 들어오게 했다.

"이 정도의 황은 단약(丹藥) 제조에 쓰일 만한 양을 훨씬 넘어서는 것이지 않소? 이만한 황을 팔만한 곳은 한 군데밖에 없는데……."

거간꾼이 사람이 없는 것을 확인하고 오저군에게 은밀하게 말을 건넸다.

오저군은 그가 화약을 만드는 공방을 이야기하려는 것을 직감하고 모르는 척 시치미를 뚝 뗐다.

"나는 금나라에서 그런 걸 어디다 팔아야 하는지는 잘 모르니 객주를 찾아왔지요. 왜국에서 나는 황이 품질이 좋고 값이 싸서, 그걸 먼 금나라에 가져와 팔면 이문이 남을 것이라 생각한 것뿐입니다. 양이 너무 많소이까? 그럼 중도까지 가져가 보도록 하지요. 그곳은 금나라 도읍이니 아마 이 정도 물량을 소화해 줄 상인이 있을지도 모르잖소."

오저군의 변죽에 거간꾼은 적잖이 당황했는지, 손을 내저으며 오저군을 달랬다.

"그래도 이렇게 중요한 귀물을 어떤 위험에 노출될 줄 알고 그 먼 중도까지 또 가지고 가겠소? 가급적이면 이곳에서 처리하는 것이 좋지 않겠소이까. 나에게 넘기고 간다면 알아서 처리를 해 주겠소."

"됐소."

사실 정말 장사만이 목적이라면 그냥 거간꾼에게 좋은 값에 넘기면 될 일이었다.

그러나 화약을 제조하는 곳에 넘길 것 같다는 심증이 들자 오저군은 거기서 멈출 수가 없었다. 그는 거간꾼을 통해서 어떻게든 화약장과 안면을 트리라 작정을 했다.

물론 정민이 주의를 준 것은 기억을 하고 있었다. 무리해서 포섭을 한다거나 할 생각은 전혀 없었다. 그러나 다음에 언제고 찾아올 수 있도록 화약 공방이 있는 곳의 위치와 그곳에서 필요로 물품들 정도는 파악해 둘 필요가 있다고 오저군은 생각하고 있었다.

"바라는 것이 무엇이오? 내게 좀 말을 해 주시오."

거간꾼은 답답했는지 오저군에게 캐묻듯이 물어왔다.

"아니, 뭐 별로 대단한 것은 아니고, 거 객주에게는 미안한 소리일 수 있지만, 내가 합리적인 이문을 남기고 넘기는 것인지 알 수 있도록 넘기려는 쪽과 거래를 할 때 내가 지켜만 볼 수 있게 해 달라는 게지요."

"상도리에 그런 게 어디 있습니까? 넘기면 끝이지."

거간꾼이 성마르게 오저군에게 말했다. 그러나 오저군은 눈 하나 꿈쩍하지 않고 또 허풍을 놓았다.

"아, 그럼 중도에 가서 팔 곳을 찾아보겠소."

거간꾼도 이렇게 까다롭게 변죽을 울리는 상대라면 일찌감치 거래를 집어 치웠을 것이다.

그러나 그가 들고 온 품목이 좀 문제였다.

황은 금나라에서 귀한 재료에 속했고, 조그만 양도 비싼 값에 팔려 나갔다.

수요가 그리 많지 않다는 것이 문제라면 문제였으나, 이 정도 양을 한 번에 거래할 곳을 찾기만 한다면 큰 이문을 남기게 되는 것은 따 놓은 당상이었다.

그리고 거간꾼은 그러한 곳을 알고 있었다. 잠시 고민을 하던 그는 거래의 성사를 위해 오저군에게 져 주기로 마음을 먹었다.

"좋소. 내 이 황을 가져다 팔 곳을 알고 있으니 그곳에다 거래를 할 때 내 밑에 일하는 자처럼 꾸미고 따라갑시다. 그리고 그곳에서 정산한 것을 칠 대 삼으로 나누면 되지 않겠소? 차라리 내가 여기서 돈을 치르고 이문을 알아서 남기는 것 보다, 그리하는 것이 그쪽의 입맛에도 맞을 것 같소만."

"좋습니다. 그리합시다. 내 고려상인 민조기라 하오."

"소염(蘇琰)이오."

거래가 합의가 된 다음에야 통성명이 이루어졌다.

오저군은 혹여나 싶어 조심스럽게 가명으로 이름을 밝혔다. 요양의 거간꾼 소염은 어찌 되었든 황을 확보했다는 안심에, 오저군은 원하던 바를 얻게 되었다는 생각에 서로 기분 좋게 웃고 헤어졌다.

황은 일단 오저군이 보관하고 있다가 거래 날짜에 소염에게로 가져가기로 합의 했다.

그리고 그날 저녁, 객관에 잘 들여 놓은 황을 실은 수레가 통째로 새벽 사이에 사라졌다.

제23장

요양(遼陽)에서의 위난(危難)

"황이 통째로 도난당했다니, 무슨 말인가 대체?"

정민은 아침에 일어났다가 새벽부터 안절부절 못하며 정민이 깨어나기만을 기다리고 있던 오저군에게서 뜬금 없는 이야기를 들었다. 오저군은 얼굴이 사색이 되어서 편치 않은 표정으로 정민에게 황을 도둑맞은 사실을 이 야기했다.

"어제 그 소염이라 불리는 거간꾼과 이야기를 마치고, 황을 팔 곳에 이야기가 된다면 그때에 제가 황을 가지고 그자와 함께 다녀오기로 하고 황을 일단 객관으로 다시 가지고 돌아왔습니다. 그런데……."

"멀쩡히 잘 놓여 있던 황이 밤사이 사라졌단 말이지? 따로 황을 지키는 자들은 없었고?"

"요양까지 멀리 오느라 일꾼들이 다들 지쳐 있어서 어젯밤은 휴식을 주었습니다. 노지에 두고 있는 것도 아니고, 객관에 잘 들여놓은 터라 문제가 생길 것이라고는 생각 못했습니다."

"도둑을 맞았다니 어쩔 수 없지. 느낌이 좋지 않으니 그만 그 문제는 잊고 중도로 출발할 준비나 해 두고 있게."

정민은 뜻하지 않은 사고를 당했다면 어쩔 수 없다고 생각했다. 수레 하나 분량의 황이니만큼 꽤나 큰 손실이기는 했지만, 요즘 정민이 무역을 통해 벌어들이는 수입에 비하면 대단한 정도는 아니었다.

사절단의 일원으로 며칠 뒤에는 다시 중도로 출발해야 하는 정민의 상황상 요양에 머물면서 황을 되찾기 위해 수색을 하고 다닐 수도 없는 노릇이었다. 그러나 오저군의 생각은 정민과는 다른 모양이었다.

"제 잘못을 스스로 바로 잡을 수 있도록 해 주십시오. 화약을 만들어 내지 못한 것에 이어서 이런 손실까지 나리께 입혔으니 면목이 없습니다."

오저군은 허락해 주지 않는다면 정민의 바짓가랑이라도 잡고 늘어질 작정인 것으로 보였다.

정민은 땅바닥에 온몸을 투지(投地)하고 있는 오저군을 보고서는 한숨을 쉬었다.

"오 행수. 자네가 잘못해서 일이 벌어진 것이 아니라, 단순히 사고이니 괜히 심려치 말고 깨끗이 잊게. 나는 이런 것으로 자네를 탓할 생각이 추호도 없네."

"아닙니다. 혹여 나리께서 용서를 해 주신다고 하더라도, 상인으로서의 제 자존심이 이러한 일을 묻어 두고 가는 걸 허락하지를 않습니다. 눈을 벌겋게 뜨고 있는 채로 물건을 통째로 도둑맞았으니 어디 가서 부끄러워서 얼굴을 들 수 있겠습니까?"

"그러나 시기가 좋지 않네. 자네도 어제 돌아와서 들었겠지만, 예빈경께서 객관 밖으로 출입을 엄금하셨네. 직접 요양부중을 돌아다니며 들었겠지만, 최근 이곳 요양의 분위기가 안 좋지 않은가? 괜히 쓸데없는 일에 얽히지 않는 것이 최선이네."

"그렇지만 의심이 가는 데가 있습니다. 그쪽을 중심으로 알아본다면 시간이 생각보다 걸리지도 않을 것이고, 큰일 없이 중도로 가기 전에 물건을 되찾을 수 있을 것 같습니다."

오저군은 확신을 하는 데가 있는 듯 보였다.

"거기가 어디인가?"

"어제 찾아갔던 소염이라는 거간꾼이 저지른 일에 틀림없습니다. 제가 황을 싣고 사절단을 따라온 사실을 제가 말하지 않고서야 요양부중에 누가 알겠습니까? 심지어 사절단 내에서도 제가 싣고 다닌 것이 황인 줄 모르는 이들이 수태인데, 요양의 도적들이라고 알겠습니까? 제가 그 수레에 실려 있는 것이 황이며, 고려 상인이라는 것을 밝힌 것은 그자뿐이니 어떤 식으로든 소염, 그자가 연관되어 있음이 틀림없습니다."

오저군의 말은 과연 설득력이 있기는 했다.

정민이 생각하기에도 만약 황을 도둑맞았다면 이것은 필히 그 존재를 아는 사람이 꾸민 일일 것이라는 생각이 들었다. 자신이 그간 지켜본 오저군의 성품이 가장된 것이 아니라면, 오저군이 그 돈으로 자기 배를 몰래 불리고자 장난을 친 것은 아닐 것이다.

그렇다면 그 황에 욕심을 부린 다른 자가 농간을 부렸다고밖에는 생각할 수 없었다.

그렇다면 오저군의 말마따나 소염이라는 자가 제일 가

능성이 높았다.

"그렇지만, 그자들이 감히 객관의 담을 아무렇게나 넘나들지는 않았을 것이고…… 이 객관을 지키고 있는 금병(金兵)들과 입이 맞춰진 것이 아닌가? 그렇다면 일이 복잡하게 될 터인데……. 생각보다 위쪽까지 개입이 되어 있으면 우리로서는 중과부적이네. 괜한 일에 휘말렸다가 잘못되는 수가 있어."

정민은 그냥 오저군에게 그만 황은 잊으라고 하고 싶었다.

정민이라고 멀쩡하게 잘 있다가 도둑맞은 자기 재산이 아깝지 않은 것은 아니었다. 머릿속으로는 그냥 잊고 가는 것이 현명하다고 생각하면서도, 마음 한구석이 찜찜한 것도 사실이었다.

"되찾을 수 없는 것이라면 무리하지 않고 알아보기만 하겠습니다. 일단은 소염이 벌인 일이 아니라고 하더라도 그쪽에다가 도둑을 맞아서 물건을 인도할 수 없게 되었다고 말은 해 주어야 하니 한 번 다녀올 수 있도록 허락만 해 주십시오. 나리."

정민이 살짝 고민을 하는 듯 보이자, 오저군은 절절한 목소리로 다시 간곡하게 부탁해 왔다.

정민은 그런 오저군의 힘없이 푹 쳐진 어깨를 보자 씁쓸한 마음이 들어 부디 몸을 다치지 않을 정도로만 알아보고 오라고 허락을 해 줄 수밖에 없었다.

"절대 무리를 해서는 아니 될 것이네. 일이 커지게 되면 걷잡을 수가 없어. 우리가 이곳 금나라에서 지내는 동안은 사실상 살얼음판을 억지로 걷고 있는 것이나 마찬가지라는 사실을 유념하게."

오저군 본인의 신변도 걱정이 되었지만, 더불어 일이 그르쳐서 금나라의 복잡한 내정에 얽힐까 두려운 것이 정민의 마음이었다.

겉으로만 놓고 보면 그저 도둑을 당한 사건에 불과했지만, 요양의 뒤숭숭한 분위기 때문인지 어쩐지 마음이 편치 않았다. 뚜렷하게 눈에 보이는 인과관계는 없었으나, 적어도 객관에 놓여 있는, 어쩌면 진상품일지도 모르는 사절단의 물품이 털린다는 것 자체가 요양의 분위기가 비상함을 말해 주는 것이나 다름없었다.

어느 선에서 계획된 일인지는 알 수 없었으나, 어찌 되었든 이곳은 그들의 안방이오, 정민은 그저 태어나서 처음 들려 본 객에 불과했다. 만약 판이 짜여 있는 것이라면 그들을 이곳에서 이길 방법은 없었다.

'골치 아프게 되었네…….'

단순히 생각하면 오저군을 탓하고 질책한 다음에 넘어가 버리는 것도 방법이었다. 그 경우 정민은 오저군을 상대로 화를 내고 혼자 마음이 편해져 버리면 된다.

그러나 사실상 오저군이 화약에 대한 관심을 보일 때 은근슬쩍 그로 하여금 화약을 개발하도록 지원해 주고 그가 그 일을 계속 하도록 몰아넣은 것은 바로 정민 자신이었다.

실제로 화약이 얼마나 효용이 있을지는 모르지만, 그래도 그러한 것을 확보해 두는 것과 확보하지 못한 것의 차이는 크리라는 생각에 오저군으로 하여금 그 일을 완전히 전담하도록 했던 것이다.

오저군은 성실하고 일의 맺고 끊음이 명확한 사람이었다. 그러나 그만큼 완벽주의적인 성향이 있어서 좀체 실수를 스스로 용납하지 못한다는 사실을 간과한 것이 정민의 잘못이라면 잘못이었다.

쉽지 않은 일에 덤벼든 셈이 되었으니 혼자서 마음고생도 어지간히 심했을 것이다. 그래서 자기가 일을 그르친 것만 같아 저리 바로잡고자 아등바등하는 것이다.

그러한 사정을 짐작하고 있는 정민은 차마 오저군에게

뭐라고 할 수 없었다. 더불어 기본적으로 오저군은 상인이다. 화약장이 없어서 일을 자신이 맡아서 하고자 한 것일 뿐, 사실 그의 전문 분야도 아니니 무능을 탓할 수도 없었다.

오저군은 상인으로서 유능하니, 그것을 보고 사람을 가려 쓰면 될 일이다. 더군다나 오저군에게는 정세를 탐지하고 소문을 모으는 능력도 있었다. 그래서 정민은 오저군이 다치지 않았으면 했다.

두고두고 그가 자신의 곁에서 해 줄 일이 많았다. 오저군이 일을 망쳤다는 식으로 화가 난다기보다도, 정민은 그래서 오저군이 걱정되었다.

"걱정 마십시오. 이번에는 소인, 빈틈없이 일을 처리하고 오도록 하겠습니다. 혹여 마무리 할 수 없는 일이거든 깊숙이 들어가지 않고 발을 빼고 나오겠습니다. 믿어주십시오."

오저군은 다시 한 번 정민에게 다짐을 한 뒤에 고려에서부터 데리고 온 짐꾼 겸 호송원 두 명을 데리고 객관을 나섰다.

최유청의 명에 따라 객관 밖을 나서는 것이 금지되어 있기는 했으나, 혹여 문제가 된다면 정민이 저간의 사정을 설명하고 넘어가면 될 일이었다. 어찌 되었든 최유청은 자신의 인척(隣戚)이고, 같은 편에 서 있는 사람이었다.

정민의 이득이 장기적으로는 곧 그의 이득이 될 일이었다.

❖   ❖   ❖

요양 성내의 모처. 낮임이 분명한데, 나무와 흙으로 얽어서 만든 토굴 같은 그 건물에는 조그만 창으로 차가운 바깥 공기만 들어와 냉기를 더할 뿐, 빛이라고는 어둑어둑한 방 안에 간신히 얼굴을 밝혀 줄 정도밖에 없었다.

이석은 부하들의 안내를 받아 이 방 안에 들어서서는 등롱에 불을 틔우도록 지시했다.

늦가을인데도 방 안은 어쩐지 습기가 가득 차 있었고, 어디선가는 쥐가 돌아다니는 소리가 들리는 것 같기도 했다. 부관 하나가 가져온 의자에 앉은 다음, 켜진 등롱에 비친 한쪽 벽을 보자, 두 여자가 묶인 채로 앉아 있었다.

"저 여자들인가?"

"그렇습니다. 정체를 알 수가 없어서 일단은 붙잡아 두었습니다."

"뭐 하러 여인네들 따위에 그렇게 시간을 쓰나?"

이석은 내심 이곳까지 자신을 오고 가게 한 수상한 사람들이 누군가 했더니, 고작 여인 둘이라 짜증이 조금 일었다.

이런 것이 아니라도 신경 써야 할 일이 산더미였다. 여인들끼리 여행을 다니는 경우는 들어 본 적이 없지만, 혹여 그런 일이 있다고 하더라도, 자신이 그것까지 신경을 쓰고 있을 여유는 없지 않은가.

이민은 그렇게 생각을 하면서 눈을 좁혀 자세히 그 여인들을 바라보았다.

'수상하다고 생각할 만한 이유가 있군.'

여인 둘이서 남복(男服)을 하고 요양성 근교에서 배회하는 것을 잡아 왔다기에, 그저 거무튀튀한 피부를 가진 시골 아낙들이 아닌가 했었다. 그런데 두 여자 모두 쓸데없이 아름답게 생긴 것이 아닌가.

"한 여자는 방어(邦語, 나랏말, 여기서는 여진어)도 제대로 하지를 못합니다. 다른 여인 하나는 갈라전 사투리가 묻어 나오는 것이 이곳 사람이 아닙니다."

부관의 보고에 이석은 아주 살짝 고개를 끄덕이고서는, 쥐고 있던 목편(木鞭)으로 자기 무릎을 툭툭 치면서 잠시 생각을 하더니, 이내 입을 열어 여인들에게 질문을 던졌다.

　"왜 요양성 근방을 돌아다니고 있었던 것이냐?"

　"요양 성내에 있는 남편을 만나고자 올라온 것입니다."

　키가 썩 크고 몸매가 단단하게 잡힌 여자가 갈라전 방언으로 대답을 하는 것을 듣고서는 이석은 옆에 서 있던 부관을 불렀다. 부관은 이석이 무엇을 물으려는지 안다는 듯, 알아서 대답을 해 올렸다.

　"계속 저리 주장하기에 요양 성내에 있다는 남편의 가호와 이름을 대라고 하니 묵묵부답으로 일관하고 있습니다."

　부관의 말을 듣고서 이민은 다시 여인을 노려보며 묻는다.

　"너의 이름은 무엇이고, 어느 맹안에 속한 여인이냐? 그리고 네 남편의 이름과 소속이 어디이냐?"

　"저는 다르발지라고 합니다. 갈라전 좌신맹안 사람입니다."

"남편의 이름도 물었을 터인데?"

"……상공은 금나라 사람이 아닙니다."

다르발지의 대답에 이석의 눈살이 급격히 찌푸려졌다. 보건대 여진 여인이 분명하건만, 남편이 외방인이라고 하니 거짓말이라고 생각한 것이다.

더군다나 지금 요양성내에 외국 사람이라고는 고려에서 중도로 가는 길인 고려 사신단뿐이었다.

"네 남편이 두리라 구룬 사람이냐."

두리라 구룬이란 다름 아니라 중국(中國)을 일컫는 것으로 금나라 입장에서는 송국(宋國)을 말하는 것이었다.

다르발지는 세차게 고개를 저었다. 잘못 대답했다가 송나라의 간첩 취급을 받을 수 있는 상황이었다.

"그럼 도대체 어느 나라 사람이기에?"

이석이 들고 있던 목편을 다르발지의 턱 끝에 가져다 대고 그녀의 고개를 치켜 올리며 물었다. 앞에 서 있는 남자의 복장이나 태도를 보아서 보통내기의 사람이 아니라는 것을 직감하고서 다르발지는 더 이상 퇴로가 없음을 알았다.

"소고르 구룬 사람입니다."

"소고르? 고려 사람이라고? 네 남편이 지금 성내에

들어와 있는 고려 사신단 중에 하나라도 된단 말이냐?"

고려 사신단이라는 소리에 다르발지의 눈이 휘둥그레 커졌다.

아마도 중도로 가기 위해서는 고려를 출발했을 것이라는 생각이 들었지만, 지금 요양성내에 들어와 있을 줄은 몰랐던 것이다.

정민에게 폐를 끼치고 싶지는 않았지만, 다르발지로서는 어떻게든 정민과 연결되어 신분을 증명 받는 것이 지금 상황을 타개할 수 있는 유일한 방법이었다.

"그렇습니다. 고려 사신단이라면 그 가운데에 정민이라는 이름의 사람을 찾아봐 주십시오. 혹시 피해가 끼칠까 두려워 밝히지 않고 있었으나, 지금 성중에 계시다면 더 이상 숨길 것이 없겠지요."

다르발지의 얼굴에 화색이 조금 돌았다. 그러나 이석은 별 반응을 보이지 않고 있었다. 그는 다르발지의 턱 끝에 가져다 댄 자신의 목편도 치우지 않고 그녀의 눈을 뚫어지듯 바라보다가, 한참 뒤에야 그것을 치우고 입을 열었다.

"네 옆에 있는 여자도 그자의 아내인가?"

이석이 묻는 것은 지쳐서 눈이 퀭하여 고개를 푹 꺾은

채로 있는 조인영이었다. 다르발지는 황급히 고개를 끄덕였다.

"그렇습니다."

"여진말도 잘 못한다던데. 고려 여인인가?"

"그, 그렇습니다."

차라리 그렇게 오해를 해 주는 편이 나을 것이라 생각하고 다르발지는 그렇게 대답했다. 그러나 이석은 눈가를 찌푸리며 다르발지에게 입을 열었다.

"내가 일전에 파속로와 갈라로 경계쯤에서 송나라 포로 계집을 끌고 가던 농병(農兵) 둘이 주검으로 발견되고 계집은 사라졌다는 보고를 들었다. 며칠을 걸쳐 범인을 잡고자 산중을 이 잡듯이 뒤졌으나 그러지 못하고 결국 요양으로 상주하여 일을 처결해 줄 것을 주문해 왔지. 그러나 요양부라고 별수가 있나. 그런데 말이지……."

이석은 조인영의 머리채를 잡아채고 고개를 들고서 노려보았다. 조인영은 서슬퍼런 이석의 눈길을 차마 받아내지 못하고 시선을 회피했다.

"이 시점에서 내가 수상한 여인네 둘을 잡았는데, 그 가운데 한 명이 여진말도 제대로 하지 못한다면 내가 무슨 생각을 하겠는가?"

"아닙니다. 그 아이는 고려인이 맞습니다."

"네 이름이 무어냐?"

"……영입니다. 성은 없습니다."

조인영은 머리가 나쁜 여자가 아니었다. 이석의 호통에 온몸이 사시나무 떨듯이 벌벌 떨면서도 그사이에 조(趙)라는 송나라 황성(皇姓)은 입에 담지 않았다.

"너희가 그 고려 사신의 아내라는 증표가 있다면 내게 내어 보여라. 만약 거짓말이라면 단단히 각오를 해야 할 것이다."

함부로 외국 남성과 사사로이 혼례를 올리는 것이 국법으로 금지되어 있는지 어떤지는 이석으로서도 알 도리가 없었다.

어떤 연유로 그 고려 사신이라는 자가 갈라전으로 건너와 여진인 아내를 취하고, 고려인인 아내도 남겨 놓고 다시 돌아가 사절단에 참여했는지도 알 수가 없었다. 그러나 사실이라기엔 터무니없는 말을 이렇게 일관되게 하는 것을 보니 조금 이상하기도 했다.

일단은 확인은 해 보자는 생각에 이석은 증물을 요구한 것이다.

"남편 되는 사람에게 옥패가 있습니다."

"그 정도로는 알 수가 없지 않느냐."

"제 이름을 말씀해 주시고 죠보훈이라는 말을 아직 타고 있느냐고도 물어봐 주십시오."

"그 정도라면 알겠다."

이석은 그렇게 말하고서는, 부관들을 시켜 다르발지와 조인영의 포박을 풀어 주고 식사를 내주도록 했다. 다만 감금을 풀어 주지는 않았다.

"지금 요양성내의 상황이 복잡하다. 이러한 때에 의심을 풀지 못하는 결과가 나온다면, 단단히 각오를 해 두어야 할 것이다. 최근에도 간자 한 놈이 내 손아귀에 걸려들었다. 그놈의 처분이 곧 이루어질 것이야. 혹여 너희가 그자와 연관이 있다면 곱게 세상을 떠나지는 못할 것이다."

이석은 마지막으로 다르발지와 조인영에게 엄포를 놓고 갔다.

다르발지는 이제 하늘에 결과를 맡기는 수밖에 없다고 생각했다. 도대체 요양에서 무슨 일이 벌어지고 있는지 그녀로서는 알 도리가 없었지만, 분위기가 심상치 않은 와중에 단단히 잘못 걸렸다는 생각이 들었다.

그러나 그녀가 지금 할 수 있는 일은 없는 것이나 마

찬가지였다.

❖　　❖　　❖

고준복은 중도로부터 내려온 밀지를 받아 들고서는 머리가 지끈거려 오는 것을 참을 수가 없었다. 황제의 어보(御寶)가 찍혀 있는데다가, 익히 알고 있는 환관을 통해 전달된 내용이니 황제로부터 직접 하달된 명령임에는 틀림없었다.

그러나 그 밀지에서 지시하는 일을 대체 어떻게 치러야 할지 도무지 감이 잡히지 않았다.

'황제가 실성한 것이 틀림없다. 그러나……'

고준복은 본래대로라면 밀지를 읽은 다음 태워 버렸어야 했으나, 내용이 보통을 넘어선 것이라 혹시 모를 사태에 대비해서 자신만이 아는 장소에다가 옥합에 밀봉하여 보관해 두었다.

혹여 황제가 직접 명한 것이 아니라 중도의 중신(重臣) 가운데 하나가 정치적 이유로 농간을 피운 것이라면 나중에 자기 목숨을 보존하기 위해서라도 이러한 증거를 남겨 두는 것은 필수였다.

그만큼 이제 고준복이 해야 할 일은 만만찮은 것이었다.

'고려 사신단을 도적을 가장하여 모두 죽이고 이것을 방지하지 못한 구실로 갈왕을 폐서인하겠다니. 이게 대체 무슨 말인가.'

황제는 지금 갈왕 완안웅을 탄압할 구실을 만들기 위해 엄한 고려 사신들의 목숨을 빼앗겠다고 하고 있는 것이었다.

당초에는 고려에 대해 압박을 넣어 원병을 부르게 할 구실로 보내게 한 사절단이라고 알고 있었다.

그러나 무슨 연유에서인지 황제는 이제 그 사절단을 다른 정치적 목적에 이용하겠다고 하고 있는 것이다.

필시 이것이 고려와의 엄청난 마찰을 불러 올 것을 알고 있으면서도 말이다. 중도에서 뭔가 알 수 없는 일이 진행되고 있다는 사실은 직감하고 있었지만, 이런 방식의 괴악한 술책은 암군이라고 불리는 지금의 황제가 한 일들 가운데에서 손에 꼽힐 정도의 악랄한 것이라고 고준복은 생각했다.

이러한 방식이 옳지 않고, 더불어 좋은 결과를 내게 될 것이라고 장담도 못한다고 고준복은 생각하기는 했으나, 그렇다고 이 영을 거역할 힘이 고준복에게는 없었다.

거역은커녕 오히려 앞장서서 일을 깔끔하게 처리해 두지 않으면 안 되었다. 황제에게 복종함으로써 고준복이 얻을 수 있는 것은 요양 지역에서의 발해계 이 씨 가문의 우위를 종식시키고, 자신의 이권을 확립하는 것이었다.

더불어 재상직으로의 출세도 보장될 것이다. 애초에 적이 많은 황제였다. 그러한 황제의 편에 서서 이익을 얻겠다고 나선 고준복이니 이러한 더러운 일을 하는 것은 각오를 하고 있어야 했다.

'아무리 그렇다고는 하지만······.'

문제는 아직 요양에서 고준복의 힘이 그리 크지 않다는 것에 있었다.

공식적으로는 실권을 부유수인 자신이 독점하고 있었지만, 실제 현실이 그렇게 굴러가지 않는 것은 당연한 일이었다.

물론 동경유수 완안옹은 아무런 움직임도 보이지 않고, 관저에 틀어박혀서 술로 나날을 보내고 있었으나, 문제는 그 장인인 이석이었다.

금나라의 군제는 국초로부터 300호(戶) 마다 맹안을 이루고, 다시 이 맹안이 10개 모여 모극(謀克)을 이루게 되는 것이 골간이었다.

그런데 여진족이 팽창하고 종래에는 요를 무너뜨리고 화북까지 차지하는 과정에서 군제를 이대로 이끌고 갈 수가 없게 되었다. 처음에는 거란인, 한족, 발해인을 가리지 않고 모두 맹안모극에 편성을 하였는데, 점차 나라가 안정되면서 화북 지역에는 구 송나라의 제도와 유사한 병제(兵制)를 편성하고, 나머지 지역에 대해서는 맹안모극제를 유지하는 방향으로 바뀌었다.

동경이 위치한 요동 땅은 여전히 맹안모극제로 남았는데, 전대의 희종(熙宗) 때부터 점차 이 요동의 맹안모극에서 발해인을 배제해가는 정책을 펴기 시작하고 있었다.

일종의 믿을 수 있는 여진인들로만 군병을 채우겠다는 속셈이었다.

그러나 이것은 단순히 군대로부터의 배제만을 의미하지 않았는데, 맹안모극에 속한다는 것은 곧 병역을 세습하는 대신에 온갖 조세로부터의 면제를 뜻하는 것이었기 때문이었다.

평시에는 병역에 종사할 때도 있지만 지금과 같이 전쟁이 없는 시기에는 사실상 자기 생업을 겸할 수 있으므로 특권이라고 할 수 있는 것이었다.

점차 이 맹안모극으로부터 밀려나기 시작하는 발해인들이 불만을 가지게 된 것도 당연한 일이었다. 반면에 이러한 정책으로 혜택을 얻은 여진인들 가운데 일부는 발해인 배제를 더욱 심화할 것을 요구하고 있었다.

다만 동경은 원래 발해인들이 우세한 땅이라는 것이 문제였다.

금나라가 세워질 당시에 발해인들이 이곳에서 나라를 일시적으로 건국했을 정도로 이곳은 거란족의 요나라의 지배를 거쳐 오면서도 발해의 정체성을 일정 부분 유지하고 있던 곳이었다.

어떤 의미에서 이들에게는 여진인들이 외부인이었으며, 내부적으로는 단단히 결속되어 있었던 것이다. 세월이 흐르면서 이곳에서 여진, 거란, 한족 할 것 없이 인구가 늘어났지만, 여전히 동경 요양부 사회의 주류는 발해인이요, 이석의 가문과 같은 뼈대 있는 대가(大家)가 버티고 있기도 했다.

그렇다 보니 맹안모극에서 밀려난 발해인 병사들은 그대로 밥을 먹여 주고 재워 줄 수 있는 능력이 있는 이석과 같은 인물의 휘하로 그대로 흡수되었고, 사실상 이석이 준군사단체를 요양에서 운용하면서 치안권까지 행사

할 수 있는 배경은 여기 있었다.

상황이 이렇다 보니, 막상 황제의 직권을 업어서 요양에 내려온 고준복이라 해도 이 요양에서 힘을 투사하는 것이 쉽지는 않은 노릇이었다.

'이석 그놈의 눈에 걸리지 않고 일을 얼마나 잘 준비하느냐가 문제인데, 사흘 뒤에는 고려 사신이 요양을 떠나게 된다는 게 문제이다. 내게 동원할 수 있는 믿을 수 있는 사람이 얼마나 되는가?'

스스로에게 자문을 해 보았지만 확답을 내리기가 어려웠다. 요양에 병력을 충원하는 맹안 및 모극 가운데 여진족이 주류인 일부는 어느 정도 압박과 회유로 자신의 편으로 만들어 놓는 데 성공했지만, 여전히 갈 길이 멀었다.

심지어 요양에서는 여진인들까지 발해인과 한통속이 되어서 이석이나 완안옹을 지지하는 판국이니, 고준복으로서는 하루하루가 고역이라고 하지 않을 수 없었다. 어떻게 좋게 보아 주어도 고준복이 군대의 말단까지 장악하고 있다고 하기는 어려웠다.

오히려 이러한 상황에서 공식적인 관직이 없음에도 요양의 구석구석까지 자기 힘을 투사하고 있는 것은 이석이었다.

그는 동경유수 완안옹의 후견인이라는 구실을 내세워서 자신들의 불법적인 사병대는 물론이거니와 심지어 요양의 일부 병력에 대해서도 사실상의 지휘권을 행사하고 있었다.

황제가 이러한 사실을 안다면 대노하고 당장 이석의 목을 베라고 사람을 보낼지도 모를 일이지만, 그럴 경우 자신의 정치적 능력에 대한 의심을 살까 두려워서 고준복은 황제에게 이러한 요양의 실태를 보고하지 않았다.

'진정 사면초가로구나.'

황명을 구실로 요양의 병력을 움직여 고려 사신단을 죽일 수는 없었다.

그러한 것이 가능하지 않기에 밀지로 도적떼를 가장하라는 주문을 했을 것이다. 아무리 황제가 암군이라고는 하지만, 기본적인 그런 계산이 되지 않는 자였다면 황위를 찬탈하여 수 년간 제국을 통치할 수는 없었을 것이다.

그러나 황제가 오판한 것이 있다면 고준복에게 이를 깔끔하게 실행할 능력이 있다고 생각한 것이다.

'방법은 그들을 몰살하는 것이 아니라, 어떻게든 꾀어내어 핵심적인 몇몇만을 쳐 죽이는 것이다. 그런데 놈들

이 객관에서 나오지 않고 있으니.'

고준복은 어떻게든 오늘 중으로 해결책을 찾아야만 했다. 그에게 주어진 시간이 얼마 없었다.

오저군은 그 전날 소염과 구두계약을 체결한 곳으로 돌아가 본 뒤에 당황함을 감출 수가 없었다. 마치 그 자리에는 아무것도 없었다는 듯이, 창고는 싹 비워져 있고 사람의 흔적을 찾아볼 수가 없었던 것이다.

여진어를 할 줄 모르는 오저군이었으나, 그런 이유로 이 황망한 사태에 그저 아무런 대처도 하지 않고 있을 수는 없었다.

'그 소염이라는 놈이 이 일을 꾸민 것에 틀림없구나……'

오저군은 더 고민할 것도 없이 소염이라는 자를 소개시켜 준 요양의 물정에 밝다던 통역인을 찾아갔다.

요양부에서 고려 사신들과의 소통을 위해 붙여 준 사람이기에 믿고 있었던 것이 화근이었다. 다행히 그는 인적을 감추고 있지 않았다.

"실은 그 소염이라는 자가 고려 사신단 가운데 혹여 상인이 있다면 자신한테 연결시켜 달라고 하기에…….
으레 있어 왔던 일이라 조금의 금전을 받고 편의를 봐주었소. 그게 다요."

그는 정말 무슨 일이 벌어지고 있는지에 대해서는 아무것도 모르는 듯 보였다. 뇌물을 받고 아무에게나 확인도 없이 침을 발라 가며 좋은 거래 상대라고 소개시켜 준 그자의 면상에다 침이라도 뱉고 싶은 마음이었지만, 오저군은 간신히 마음을 가다듬었다.

아직 알아내야 할 것이 더 있었다.

"그랬소? 그자가 내 황을 훔쳐다가 홀연히 사라졌소."

"뭐요?"

"말 그대로요. 혹여 짐작 가는 바가 없소?"

도무지 흔적을 잡을 수가 없으니 어떻게든 이자를 통해서 얻어 낼 수 있는 정보는 다 얻어 내야 했다.

금나라 물정도 모르고, 여진어도 할 줄 모르는 자신이었다.

한어(漢語)는 좀 할 줄 안다지만, 아직 화북으로 들어가지도 않고 요동에 있는 상황에서 한어가 통하기를 기대하는 것은 무리였다. 어떻게든 고려말과 여진말을 둘다 할 줄 아는 이자를 꾀어다가 정보를 얻어 내야만 했다.

'아순이라도 있었으면 좋았을 텐데……'

아순은 정민이 처음으로 갈라전에 들어가던 때에 고용하여 줄곧 그 후로 김유회의 감독 아래에서 갈라전 항로에 있어서 간부급으로 일하고 있는 통역인이었다.

오저군은 그를 만나 본 적이 한 번밖에 없었지만, 그의 유창한 양 언어 구사 실력에 놀랐었다.

'아니면 하다못해 광안포 학당에서 여진어를 일 년 남짓이라도 배운 학동이라도 견습 삼아 데리고 왔어야 하는데. 아니다. 이제 와서 이게 다 무슨 소용이냐.'

지금으로서는 별수가 없었다. 통역인은 오저군의 이야기를 듣고 나서 살짝 못마땅한 표정으로 불편함을 숨기지 않았다.

"날더러 그것을 물어내라는 것은 아니겠지요?"

지독하게 자기밖에 모르는 사람이라고 생각하면서, 오저군은 그를 살살 달랬다. 속으로는 화가 치밀어 올랐지만 지금 아쉬운 것은 자신이니 어쩔 수가 없었다.

"그런 말은 아니오. 다만 그 소염이라는 도적놈에 대해서 짐작이 가는 바가 있으면 좀 알려 달라는 말이오.

나는 사흘 뒤에는 이제 사절단을 따라 중도로 가야 하는데, 여기서 그사이에 일을 마무리 짓지 않으면 안 된단 말이오. 날 좀 도와준다면 당신에 관해서는 아무것도 따지지 않고 남에게 말하지도 않겠소."

"약속을 하신 겁니다."

통역인은 어쩔 수 없다는 듯이 그렇게 말 하며 오저군의 귀에다가 자기 입을 가져가 말을 하기 시작했다.

"내가 그 소염이라는 자를 개인적으로는 알지 못하지만, 지금 생각해 보니 이 요양의 실세인 이석의 하수인인 것 같소. 일전에 이석 휘하의 무리들과 어울려 뭐라고 이야기를 나누는 것을 본 기억이 있소이다."

금나라라는 인구 천팔백만에 달하는 제국의 동도(東都)라고는 하나, 인구가 희박하고 외진 요동 땅에 자리한 동경 요양부는 인구 십만이 되지 않는 성읍이었다.

이것도 절대 적은 숫자는 아니었으나, 마음먹으면 사람 뒤를 캐는 것이 불가능하지는 않다는 이야기였다.

"해 준 말을 믿겠소."

대충 어디서 소염의 뒤를 캐어야 할지 가닥은 잡았으나, 난망하기는 매한가지였다.

이석이라면 동경유수인 갈왕 완안옹의 장인이자, 이

요양을 쥐락펴락하는 실세가 아닌가.

여진말도 모르는 타국 상인 오저군으로서는 어디서부터 시작해야 할지 좀체 가닥이 잡히지 않았다.

'일단은 나리께 돌아가 일을 보고하고 방법을 상의해보아야겠다.'

이석이라는 거물이 개입되어 있을 가능성을 알게 된이상 오저군으로서는 자기 손에서 수습이 가능한 일이아니라는 것을 인정하는 수밖에 없었다. 괜히 섣부르게일을 키웠다가 정민에게 누를 끼치게 할 수는 없는 것이다.

❖   ❖   ❖

"정민이라는 자가 여기 있소?"

이석의 부하들이 객사를 들이닥친 것은 그날 해가 질무렵의 일이었다. 족히 오십 명은 되어 보이는 장정들이객관의 정문을 에워싸고 정민을 찾아 대자 고려 사신단이 술렁이는 것도 당연한 일이었다. 정민은 혹시 오저군이 사고라도 치고 만 것인가 하여 잔뜩 긴장한 채로 그들앞으로 나아갔다.

"내가 정민이오. 무슨 일이시오?"

요양인 통역관은 자신이 오저군에게 소염이 이석의 부하라고 귀띔해 준 것 때문에 사달이 난 줄 알고 벌벌 떨면서 정민의 말을 간신히 전했다.

"다르발지라는 이름의 처가 있소?"

"뭐라구요?"

"다르발지라는 이름이 처가 있냐고 물었소."

정민은 갑자기 다르발지라는 이름의 처가 있냐는 물음에 순간 당황했다. 그러나 무슨 사정이 있음을 직감하고서는 그렇다고 대답했다.

"그렇다면 영이라는 이름의 고려인 처도 있소이까?"

영이라는 이름은 금시초문이었다. 왕연은 약혼한 사이기는 하지만 처가 아니었고, 그러한 사정까지 이자들이 알고 캐물을 이유도 없었다. 그러나 무슨 연유에서인지 모르는 일이니 어느 쪽으로 대답을 해야 할지 판단이 서지 않았다.

"잘 모르겠소."

"그게 무슨 말도 안 되는 소리요? 세상에 누가 자기 처가 누구인지 모른다는 말인가?"

이석의 부관으로 보이는 남자의 고압적 말투에 정민은

내심 불쾌했지만, 지금 자신에게는 정보가 하나도 없는 상황에서 모든 열쇠는 저들이 쥐고 있으니 불편한대로 맞춰 주는 수밖에 없었다.

"내가 고려에서 혼인을 언약한 처자가 있기는 한데, 이름이 연인지 영인지 잘 기억이 나지 않소."

"그게 말이 되오?"

"집안 간의 통혼이니 처의 성이나 명확히 알지 이름까지는 모르지 않겠소이까. 얼굴 한 번 본 적 없소."

"그렇다 치고. 그럼 혼인을 증빙할 물건이 있다면 보여 주시오."

이미 고려 사절단의 시선이 자신에게 다 쏠려 있는 상황이었다. 다행이라면 그들 가운데 여진말로 오고 가는 대화를 알아들을 법한 사람이 없다는 것이었다.

정민은 최대한 사절단 사람들에게는 들리지 않도록 목소리를 낮추어 통역에게 말을 전했다.

"이 옥패면 되겠소?"

정민이 건넨 다르발지가 준 옥패를 보고서는 이석의 부하들이 수군거렸다. 그들은 한 번 옥패를 함께 살펴본 다음에 다시 정민에게 돌려주고서 물음을 덧붙였다.

"죠보훈이라는 말도 있소이까?"

"죠보훈은 다르발지가 내게 준 말이외다. 먼 길을 가는 것이니 혹여 명마가 탈이라도 날까 싶어 고려에 놔두고 왔소."

"대충 아귀는 맞아 보이는군. 두 사람이 모르는 사이인데 입을 맞췄을 가능성은 높아 보이지 않으니, 사실이라고 봐도 좋겠구먼."

기골이 건장하고 수염이 풍성한 중년 사내 하나가 남자들을 헤치고 걸어 나오며 말했다.

그가 정민 앞에 우뚝 섰을 때, 정민은 내심 놀랐다. 그의 키가 자신보다 더 컸던 것이다.

이 정도라면 당대에서는 엄청난 거한이라고 해도 과언이 아니었다. 그는 정민의 발 두 뼘쯤 앞에 서서 대뜸 말했다.

"나는 이석이라 하오."

"정민입니다."

"그 여인네들이 그대가 금나라에 풀어 놓은 간자들은 아니겠지?"

"무슨 연유로 그러겠습니까."

"그것은 내가 알 바가 아니지. 나라가 어수선함을 타서 뒤통수를 갈기려 준비하는 것인지."

이석의 심문하는 듯한 말투에 정민은 적잖이 당황했다.

도대체 영문을 모를 일의 연속이었다. 갑자기 찾아와서는 다르발지를 아냐고 묻더니, 이제는 간첩으로 심어 놓은 것이 아니냐고 따지고 있었다.

"저는 고려의 사절단으로서 관복을 입고 귀국에 예방한 사람입니다. 실례가 아니 된다면 정확히 어떤 지위시기에 누구의 명을 받고 저를 이리 심문하시는 겐지 알 수 있겠습니까?"

"나는 변경마군도부지휘사(汴京馬軍副都指揮使)와 경주자사(景州刺史)를 역임하고 지금은 낙향하여 동경 요양부 유수 갈왕 전하의 명을 받잡아 요양의 치안을 관장하고 있는 사람이오."

"요는 지금은 관직이 없으시다는 이야기이십니까?"

"내가 분명히 갈왕 전하의 명을 대리하고 있다고 했소."

"좋습니다. 그런데 대체 저와 제 처가 요양에 무슨 위해를 가했단 말씀이십니까?"

정민의 물음에 이석의 눈매가 좁아졌다.

키가 훤칠하고 얼굴이 반반한 젊은 놈이 대드니 심기

가 불편한 모양이었다. 그러나 이석도 이석대로 옹졸한
자는 아니었다.

"일단은 그렇게 알고 있겠소. 그리고 내 내일 사절단
을 초청하고자 하는데 응하시겠소?"

"초청을 하신다니요?"

"말 그대로요. 정확히 말하자면 내가 초청하는 것이
아니라 동경유수 갈왕 전하께서 직접 베푸실 연회가 될
것이오."

"예빈경께 그리 전하겠습니다."

"꼭 오시오. 그때 당신 처들의 신병을 내어 드리리
다."

이석의 말을 정민은 무표정하게 예를 표하며 받았다.

'다르발지가 저들에게 억류되어 있었구나. 그런데 도
대체 왜? 그리고 같이 잡혀 있으면서 내 처라고 주장하
는 여자는 또 누구인가?'

정민으로서는 상황이 정확히 어떻게 되는 것인지 전혀
알 길이 없었다.

더군다나 실권이 없다는 동경유수 완안옹이 직접 베푸
는 연회라니, 도대체 어떤 일에 말려 들어가고 있는지 감
이 잡히지 않았다.

그러나 일단은 이 모든 것을 그대로 주변에 알릴 수는 없는 노릇이었다.

말을 옮겼던 통역인에게 단단히 주의를 준 다음 정민은 최유청에게 찾아가 단순히 동경유수의 연회 초청을 전하러 온 소동이었다고만 말했다.

그럼 도대체 왜 정민의 이름을 대며 들이닥쳤느냐는 물음이 나올 법도 했지만, 최유청은 그저 알겠다고 말 하고 내일 초대에 응할 수 있도록 사절단 전체에 잘 알려두라고만 말을 할 뿐이었다.

❖　　❖　　❖

이석이 물러간 뒤에 찾아온 오저군의 말을 듣고서 정민은 머리가 더 복잡해졌다. 일이 종잡을 수 없게 흘러가고 있는 것은 확실해 보였다. 도대체 어디서부터 실타래가 엉켜 있는지 감을 잡을 수 없었다.

"자네가 돌아오기 전에 있었던 이야기는 들었는가?"

"예. 이석, 그자가 동경유수가 베푸는 연회에 참석하라고 전하고 갔다고 들었습니다."

"실은 내가 갈라전에서 연을 맺었던 여인이 이석 일당

에게 억류되어 있네."

"예?"

이번에는 오저군의 눈이 휘둥그레질 차례였다.

정민은 한숨을 끌어 내쉬고서는 미간을 짚으며 말을 이었다.

"대체 어디서 뭐가 어떻게 되어 가고 있는지 알 수가 없단 말이지. 정리를 해 보자면, 지금 금나라의 황제가 반쯤은 미친 자라, 그 종친인 갈왕에게 위협감을 느끼고 미워해서 그 아내를 빼앗아 겁간하여 죽이고, 갈왕은 실권도 없는 동경유수 자리로 내쳤는데, 갈왕이 실은 이 요양 땅에서 기반이 단단한 이석의 사위이자 조카이기에, 황제가 실권을 주어 내려 보낸 부유수 고존복과 갈등이 있다는 것이 우리가 지금까지 알고 있던 것이 아닌가?"

"그렇습니다. 요양 저잣거리를 두어 시간만 돌아다녀도 들을 수 있는 이야기이지요."

"그런데, 이 이석과 연관이 있어 보이는 자가 황을 훔쳐서 사라졌단 말이지."

"그렇습니다."

"그리고 거기에 더불어 어쩐 연유에서인지 내 처인 다르발지와 또 다른 내 아내라고 주장하는 여자가 이석에게 억류되어 있단 말이지."

"……저희가 요양성에 들어온 지 오늘로 이틀째입니
다. 도대체 무슨 이유에서 이런 일이 벌어지는지 알 수가
없습니다."

"내 말이 정확히 그것일세. 도대체 무슨 일이 우리가
모르는 곳에서 진행되고 있는지 감이 잡히지 않는단 말
이지. 이석, 그자가 일부러 우리를 노리고 이러한 일을
벌였을 가능성은 분명히 낮아 보이네. 애초에 요양성에
들어올 때까지 나는 그런 사람이 있다는 사실조차 몰랐
으며, 그 또한 마찬가지일 것이라 생각하네."

"황과 여인들을 이석이 도대체 무슨 일에 이용하고자
하는지도 알 수가 없습니다."

"이것이 갈왕이 여전히 건재함을 과시하고자 하는 일
에 이용될 수 있는 수단이라면 차라리 이해를 하겠네. 운
이 나빠서 우리가 걸려들었다고 생각하면 기분은 나쁘지
만 이해가 가지 않는 것은 아니니 말일세. 그런데 도대체
이러한 일들이 벌어지는 이유를 모르겠단 말이지."

아무리 머리를 굴려 보아도 해답이 나오지 않았다.

정민은 매우 머리가 뛰어난 편에 속하는 사람이었으
나, 일단 가진 정보가 제한적이니 그것만으로 답을 도출

해 내는 것은 어려운 일이었다.

"일단은 내일 연회에 참석하여 좀 더 이야기를 들어 보지 않는 이상 알 수가 없을 것 같네. 황에 대해서는 일단은 너무 심려치 말고 있게. 내가 내일 연석에서 적절히 이야기를 건넬 때가 온다면 이석에게 한번 떠보도록 하겠네."

"이런 일에 휘말리게 하여, 송구하기 짝이 없습니다."

오저군은 이 영문 모를 일들이 모두 자기 잘못만 같아서 마음이 편치 않았다. 그러나 정민은 이것이 오저군의 잘못이라고는 전혀 생각하지 않고 있었다.

"지금 일련의 사태에 있어 자네가 잘못한 일이라고는 없네. 그래도 벌어진 일을 해결해 보고자 동분서주 해 주어 고맙네."

"그리 말씀해 주시니 몸 둘 바를 모르겠나이다."

오저군은 깊이 몸을 숙여 예를 표하고 물러갔다.

정민은 혼자 남아서 멀뚱히 생각에 잠겼다. 처음에 이곳 사행을 떠나면서 예기치 않게 떨어뜨린 비녀의 은장식에 간 금이 이제는 완전히 벌어져 장식이 깨어져 있었다.

이런 미신적인 징조들을 믿지 않는 정민이었으나, 괜

히 불안한 마음이 드는 것을 어쩔 수는 없었다. 그래도 동을산 다소를 탈출한 뒤로는 예측 가능한 범위 내에서 주어진 정보들을 통해 선택을 해 오며 이 자리까지 올 수 있었다.

그러나 개경에서 관직에 출사한 뒤로는 알 수 없는 적들이 많이 생겼으며, 금나라 국경을 넘은 뒤로는 완전히 상황에 대한 통제력을 상실한 기분이었다. 재치 있는 판단력이 자신의 장기라고 생각하는 정민이니만큼, 판단을 도울 정보가 부재 한다는 사실만큼 답답한 일은 없었다.

'앞으로 몸 성히 고려로 돌아가게 된다면, 사람들을 길러 낮밤으로 정보를 모으게 해야겠다.'

정민은 반드시 그러리라 다짐했다. 그러나 어디까지나 앞으로 닥쳐 올 알 수 없는 파도들을 무사히 헤치고 나아간다는 전제하에서였다.

제24장
난행(難行)

"믿을 수 있는 것은 그대들밖에 없다. 일이 예기치 않게 잘 풀렸으니, 부디 발각되지 말고 일을 잘 처결한 뒤에 몸 성히 돌아오도록 하라."

동경 부유수 고존복은 잠을 청하지 않은 채로 밤을 새우고서, 동틀 무렵이 되자마자 확실하게 믿을 수 있는 심복 쉰 명을 꾸려다가 자신의 계획을 전했다.

예기치 않게 그 전날 저녁 완안옹이 연회 자리를 만들어 사절을 초청했다는 이야기를 듣지 않았다면 다른 계획을 만드느라 고심했을 것이다.

그러나 완안옹이 마치 건재함을 과시하기라도 하듯이

갑작스레 유수의 의무를 핑계로 연회를 연다는 소리를 들었어도 고존복은 화가 나지 않았다. 차라리 앓는 이가 빠지게 된 기분이었다.

"차질 없이 일을 마무리 짓고 오겠습니다. 그런데 혹여 이석이 자기 사병들을 그들의 호종에 붙이면 어떻게 합니까?"

도적떼로 변복한 병졸들의 우두머리가 되물어 오자 고존복은 고개를 저었다.

"그럴 리 없다. 요양성 객관에서 연회를 연다는 서문 밖의 당감루(棠橄樓)까지는 고작 성인 걸음으로 일다경 정도의 거리밖에 되지 않는다. 더군다나 인적 드문 길이라고 해 봐야 당감루 주위의 들판뿐인데 그곳은 이미 자기 사람을 보내 살피게 하고 있을 터이니 괜찮다고 생각할 것이다. 그러니 차라리 서문 밖을 나서자마자 매복해 있다가 노려서 사절단을 처치를 해라. 굳이 다 몰살 시킬 필요도 없고, 누군가 피를 보기만 하면 된다. 혹여 다른 이들에게 붙잡힐 것 같거든 무리하지 말고 도망을 쳐서 몸을 성히 보존해라. 누구에게도 들켜서는 아니 될 것이야."

고존복의 말에 우두머리는 고개를 끄덕였다.

"알겠습니다."

"일이 잘 마무리된다면, 내 사재를 털어서라도 너희에게 마땅한 값의 보상을 하도록 하마."

"보상을 바라고 하는 일은 아닙니다만, 주신다면 감사히 받잡겠습니다."

우두머리의 넉살 좋은 말에 고존복은 그의 어깨를 짚으며 단단히 당부를 한다.

"사르군. 내 너만 믿고 있겠다."

"존명!"

사르군은 겨우 오십 인 쯤밖에 되지 않는 병졸들을 지휘하는 위치였으나, 고존복에게는 누구보다 믿을 수 있는 사람이었다.

다름이 아니라 중도로부터 직접 자신을 따라 황제가 붙여 보낸 병력들이었던 것이다. 아무래도 이 일에 관해서는 요양에 뿌리를 내리고 있는 병사들이나 군관들은 믿고 맡길 수가 없었다.

지금은 자신과 이해관계를 함께하는 자들이라고 하더라도, 이 정도의 일에 입을 닫고 참여해 줄지는 의문이었다. 최악의 경우에는 이들 모두 목숨을 잃게 될 것을 각오하고서라도, 절대로 누설되지 않은 채 황명(皇命)은 집행되어야만 했다. 그런 일에 완전히 신임을 할 수 없는 자들이 끼어들어서는 안 될 일이었다.

'복잡하게 된 일이지만, 저녁 연회가 시작되기 전에 모든 일이 마무리가 될 것이다.'

갈왕이 베풀기로 한 연회는 저녁으로 예정되어 있었고, 이튿날에는 고려 사절단이 요양을 떠나서 중도로 출발하게 된다.

그러나 그 모든 일들이 예정대로 진행되지 않을 것임을, 고존복은 믿어 의심치 않았다.

자신의 능력이 뛰어나서가 아니라 황제의 의지가 개입되어 있기 때문이었다. 혹여 여기서 그들이 위난을 피하게 된다고 하더라도, 중도의 황제는 또 다시 무슨 암모를 꾸밀지 알 수 없는 노릇이었다.

예측 불가능한 황제는 늘 고존복에게도 두려운 대상이었다. 천 리 바깥에 앉아서도 등 뒤에서 황제의 눈길이 주시하는 것 같은 느낌에 덜컥 놀란 것이 한두 번이 아니었다.

"반드시 잘 풀려야 한다. 이것은 단순히 황명을 집행하는 문제가 아니다. 내가 죽을 것이냐, 아니면 저들을 죽이고 살아남을 것이냐의 문제가 아닌가."

고존복은 목덜미를 적시는 식은땀을 훔쳐 내며 중얼거
렸다.

❖   ❖   ❖

"금나라 황족이 베푸는 연회라니, 기대되지 않습니
까?"

김정명은 낮부터 잔뜩 들떠 있었다. 정민은 그에게 얽
혀 있는 속사정을 다 이야기 해 줄 수도 없는 노릇이고
해서 적당히 장단을 맞추어 주었다.

"뭔가 다르긴 하겠지요. 호악(胡樂)을 들어 볼 좋은
기회인 것 같기도 합니다."

"금나라 사람들은 연회를 벌일 때 벌판에 천막을 치고
음식을 내어 먹는다던데, 이번에도 그렇게 할까요?"

"풍광 좋은 곳의 누대가 장소이긴 합니다만, 대개는
아래에서 천막을 펼치고 먹겠지요. 가 보면 알게 될 것입
니다."

정민은 입으로는 김정명과 대화를 나누고 있었지만,
신경은 온통 어제 일어난 일련의 사건들에 가 있었다.

도대체 이 얽히고설킨 일들이 어디서부터 시작된 것인

지 도무지 알 수 없었다. 다르발지가 자신을 보기 위해 갈라전을 떠나다가 북송 황녀 조인영을 구한 것을 정민은 전혀 알지 못했기에 더더욱 그랬다. 다만 황에 관해서는 밤새 생각을 가다듬다 보니 짐작이 조금 가는 바가 있었다.

"설마……."

정민은 낮게 신음을 흘렸다. 정말로 이석이 사주하여 황을 훔친 것이라면 그 용처는 한 군데밖에 없다는 것이 정민의 생각이었다.

"무슨 일이 있습니까?"

"아닙니다. 잠시 실례를 좀 하겠습니다."

"아, 예……."

당황해하는 김정명을 내버려 두고, 정민은 경황없이 말을 타고 일단 요양성내로 나왔다. 딱히 목적지가 있는 것은 아니었으나, 분위기를 좀 살펴보기 위해서였다. 성내에 감도는 묘한 긴장감이 불편하게 다가왔다.

'이석은 화약을 제조하려고 하는 것이다. 나라에서 화약장들을 장악하고 있을 터이니, 관련된 품목을 구입하기도 쉽지 않을뿐더러 몰래 만드는 것도 생각보다 만만치는 않을 것이다. 그런데 그렇게 많은 양의 황이 나타났

으니 돈을 주고 구매하여 여러 사람의 입을 타는 것 보다
는 그냥 도적질 해 버리는 것이 편하지.'

여태껏 이석이 황의 도난 사건과 관련이 있는 줄 알면
서도 여기에 생각이 미치지 못한 것은, 그저 이석과 고준
복의 대립을 요양 내의 알력 다툼 정도로만 생각하고 있
었기 때문이었다.

그러나 실상은 보다 복잡한 문제일 수도 있다는 생각
이 들자, 사고는 빠르게 회전하기 시작했다.

여전히 다르발지가 왜 그들에게 붙잡혀 있는지는 짐작
이 가지 않았으나, 적어도 자신이 지금 휘말려 든 것이
단순한 요양 내부의 정치적 다툼은 아닌 것은 확실해 보
였다.

'연회 때 무슨 일이 있어서는 안 되는데…….'

불길한 기분이 계속 들었지만, 일이 어떤 방향으로 흘
러가게 될지는 감이 잡히지를 않았다.

가장 이상적인 상황은 연회가 특별한 사건 없이 잘 마
무리되고, 자신은 다르발지를 되찾아 갈라전으로 보내고
중도로 떠나는 것이다.

황을 되찾지는 못하더라도 그 정도는 감수할 수 있었
다. 그런데 어쩐지 일이 그렇게 진행될 것 같지 않다는

느낌을 받았다.

혹시 모를 일이니 정민은 어떻게든 예빈경 최유청을 설득해서 관저에 남도록 해야겠다고 생각을 했다. 몸이 아프다는 핑계로 예빈소경 김순부가 나가는 것이 차라리 나을 성 싶었다.

혹여 최종 책임자가 무슨 봉변이라도 당한다면 사절단 자체가 제 구실을 못하게 되고, 그것은 금 황제에게 좋은 트집거리를 줄 수 있는 것이었다.

'설마 그런 것까지 계획되어 있지는 않겠지…….'

금 황제가 작정하고 고려를 압박을 하고자 한다면, 이곳에서 사람을 시켜 사절단을 난처한 상황으로 몰아넣는 것도 좋은 방법일 것이다.

그러나 외교 관례상 그러한 치졸한 수는 거의 쓰인 바가 없었다. 미쳤다고 소문이 난 황제이지만 설마하니 고려에서 얻어 낼 것이 뭐가 그렇게 많다고 그런 식의 수까지 쓸까 싶기도 했다.

'혹여 모를 일이니, 적어도 사절단의 절반은 늘 안전하게 지켜야만 한다.'

거기까지 생각이 미친 정민은 최유청을 찾아가 설득을 하기 시작했다.

"……정황이 심상치 않으니 최대한 사절단의 안전을 지키는 것이 좋을 것 같습니다. 성내로 들어올 때 접빈을 나온 부유수 고준복의 태도도 그렇고, 기묘한 적대감이 느껴지는 것이 느낌이 좋지가 않습니다."

"느낌만으로 그렇게 할 수 있나."

최유청은 의외로 연회에 참석하겠다는 의지를 드러내고 있었다. 그러나 정민은 어떻게든 그를 뜯어말릴 생각이었다. 마음 한구석에 걸리는 찜찜함이 그로 하여금 최대한 조심스러움을 추구하게 만들고 있었다.

"혹여 일이 없다면 돌아오시는 길에 전별연(餞別宴)을 베풀면 그때 참석하시면 되지 않겠습니까? 더욱이 부유수가 그리 건방지게 굴었는데 유수가 부르는 잔치라고 직접 참여하시면 여러모로 보기가 좋지 않습니다."

"그래도 그 부유수와 유수가 사이가 좋지 않다고 하지 않았는가? 그렇다면 오히려 부유수에게 욕을 주는 것이 아닌가. 그리할 수 있다면 속이 시원할 것 같은데 말이지."

최유청은 아마도 그런 이유로 갈왕 완안옹이 베푸는 연회에 참석하겠다는 모양이었다.

정민은 도저히 안 되겠다 싶었는지, 황을 도둑맞은 것

을 슬쩍 최유청에게 말하며 압박을 넣었다.

"이 갈등이 보통의 정치적 싸움이 아닙니다. 이석, 어쩌면 갈왕까지도 지금 무기를 만들고 거병할 준비를 하고 있을 수도 있습니다. 이런 상황에서 금나라 내의 정치적 다툼에 함부로 얽히는 것은 좋지 않은 결과를 불러올 수 있습니다. 혹여 예의상 사절단을 연회에 참석시켜야 한다고 하더라도 최소한의 인원만 보내는 것이 좋을 것 같습니다. 혹여 고준복이 황제에게 저희가 갈왕의 무리와 친하게 지냈다고 보고를 하면 어찌하겠습니까? 금 황제의 압박이 더욱 거세지지 않겠습니까?"

"좀 지나친 감이 있다만, 무슨 말인지는 알겠네."

최유청은 정민의 완곡한 설득에 결국 져 주었다. 그는 여독을 핑계로 나가지 못하겠다고 둘러 대고서는 객관에 머물기로 했다.

❖   ❖   ❖

대금 황제 완안량은 9월 기묘(己卯)일에 외유를 떠났다가 환궁해서 중도로 돌아와 있었다.

외유를 핑계를 대고 있었으나, 실은 궁중의 여러 대관

(大官)들의 시선을 피해서 이런저런 계책을 측근들과 상의하고 온 것이었다.

물론 그 와중에도 황제는 황음을 일삼는 것을 잊지 않았다. 화북 각지에서 납치를 해 오듯이 끌고 온 미녀 50인을 미약(媚藥)을 먹이고 벌거벗겨 산원(山園)에 풀어놓고 술을 들이키며 사냥을 다닌 것이다.

물론 사냥이라고 해서 활을 쏘거나 하는 것은 아니었다. 다만 붙들릴 경우에 황제의 시중을 들어야만 했다.

이런 광경을 보고 정신이 제대로 박힌 자라면 주지육림(酒池肉林)의 고사를 떠올렸을 터이나, 대개 지금 황제의 주위에 있는 인물들은 간교한 자들이라 이에 대해 일언반구 입을 떼는 자가 없었다.

이러한 와중에 간신들 가운데 으뜸가는 간신이라 할 만한 장충가(張仲軻)와 술기운에 논의해 결정한 것이 바로 고려 사신단을 도적떼를 가장하여 쳐 죽인 다음에, 눈엣가시 같은 동경 요양부 유수 갈왕 완안옹과 고려국 모두를 농간하겠다는 계책이었다.

물론 이러한 뜬금없는 이야기가 아무리 제정신이 아니기로서니 아무렇게나 나온 것은 아니었다. 황제의 행궁(行宮) 행차에는 고려에서 고려 국왕의 밀서를 대행하여

전달하러 왔다는 인물이 도착해 있었다.

"고려 국왕도 미친 자로구나. 그러니까 지금 내 검을 빌려서 구린내 나는 놈들을 치워 버리겠다는 것인가?"

장충가를 통해서 고려의 밀사(密使)라고 자칭하는 자의 이야기를 들은 황제는 껄껄대며 웃었다.

"그런데 그 밀서가 진짜로 보이더냐?"

황제의 물음에 장충가는 얼굴 만면에 간교한 웃음을 띠웠다.

"밀서의 진위 여부는 사실 중요한 것이 아니지요."

"그렇지. 요는 그를 통해 우리가 얻을 이익 아니겠느냐."

황제는 만족스러운 웃음을 지으며 옅게 웃었다. 그는 고려 국왕의 어보가 찍혀 있는 밀서를 찬찬히 들여다보더니 마지막 구절을 보고서는 실소를 흘렸다.

"죄인을 징치하시어 덕업을 쌓으시고 극락에 열반하시라?"

"고려 국왕도 어지간히 정신이 나간 자이옵니다."

"그렇다. 그렇지만 옳은 말이기는 하다. 사절단이 죽으면 짐은 그 책임을 물어 갈왕 그놈을 폐서인시켜 버릴 수 있고, 고려 국왕 그자는 내부의 적들을 치워 버리고 대가로 송 정벌에 쓸 원병을 주겠다는 것이지? 이거야 서로 좋은 일 아니냐."

"당초에는 사절단에게 온갖 트집을 잡아 고려 국왕에게 원병을 요구하려 했는데, 우리가 손 하나 까딱해서 일을 도와주면 원병을 내주겠다니 잘된 일입니다."

장충가의 말에 황제가 갑자기 파안대소를 했다.

"이런 정도로 고려 국왕은 자기가 기발한 착안을 해냈다고 생각할 것 아니냐?"

"무슨 말씀이시옵니까? 폐하."

"어차피 송적(宋賊)을 밀어 버린 다음에는 하적(夏賊)과 고려의 순번 아니겠느냐? 고려 국왕은 잠시 발을 뻗고 잠을 청하겠지만, 결국에는 짐에게 나라를 내어놓아야 할 것이야. 짐은 사해일통(四海一統)까지는 병력을 멈출 생각이 없다."

"가히 뜻대로 되실 줄 아뢰옵니다."

"그대는 지금 바로 내가 밀지를 내리는 것을 요양의 고존복에게 보내어 일을 처리하게 하라. 그리고 이제 그만 환궁 하도록 하자."

장충가는 황제에게 예를 표하고 물러간 다음에, 황제가 명한 바대로 그날 모두 처리를 하였다.

이튿날 황제는 중도로의 환궁 길에 올라서 사흘 뒤에 도달하여 연달아 준비해 둔 포고를 내렸다. 첫째로 남송으로 병력을 내기 이전에 내부의 정황을 정리하고자, 견호위(遣護衛) 완안보련(完顏普連)등의 24명의 독판(督辦)에게 산동(山東), 하동(河東), 하북(河北), 중도(中都)에 출몰하는 도적떼들을 잡게 했다.

그리고 송나라를 속여서 안심시키기 위한 목적으로 제남윤(濟南尹) 복산오자(僕散烏者)등으로 하여금 송나라에 하정단사(賀正旦使)로 갈 준비를 하게 하였다. 마지막으로 황제는 자신에게 쓴 소리를 해 대서 손을 봐 주어야겠다고 마음먹었던 상서우승(尙書右丞) 유장언(劉長言)을 파직하는 것으로 대략의 일을 마무리 지었다. 그리고 편한 마음으로 요양에서 전해져 올 소식을 기다리고 있었다.

최유청이 객관에 남기로 하면서, 연회에 참석하는 인원도 함께 줄여서 사절단에 참여한 품계 있는 관리들 가운데에는 예빈소경 김순부를 비롯하여, 정민, 김정명 등만이 참석하기로 결정되었다.

객관에 남게 된 이들은 더러는 연회에 참석하지 못하는 것을 안타까워하기도 했으나, 대개는 바로 이튿날 또다시 중도로 먼 길을 출발해야 하는데 노독(路毒)만 가중될까 두려우니 차라리 잘되었다는 반응이었다.

"저는 꼭 참석해야겠습니다. 금나라 풍의 연회를 한번 즐겨 보지 않으면 어디 금나라 사행에 따라갔다가 왔다고 말할거리가 있겠습니까?"

김정명은 오전부터 연회로 노래를 부르더니 꼭 자신은 따라가야겠다는 의지를 내비쳤다.

연회에 참석할 사람들의 명단이 확정된 뒤에는 자신의 이름이 들어 있는 것을 보고 종일 얼굴에 미소가 지워지지를 않았다.

"도대체 뭘 기대를 하고 계신 거요?"

정민이 어이가 없어 한 번 물어보니, 김정명은 그저 웃음만 지을 뿐 대답이 없었다.

얼굴이 벌게진 것을 보니 혹여 금나라 계집이라도 품게 될까 기대하는 것으로 보였다.

한심하다고 생각하면서도, 평생 학자연 공부만 하느라 풍류라고는 전혀 모르는 김정명이나 헛되게 품을 법한 생각이다 싶어 내버려 두었다.

정민이 생각하기에 이번 연회는 모르긴 몰라도 진탕 술을 퍼 마시고 담소나 나누는 그런 자리가 되지 않을 것 같았다. 그보다는 살얼음을 걷는 것 같은 분위기가 펼쳐질 가능성이 높았다.

겉으로는 웃음을 띠우고 이야기를 하더라도 내심 그 웃는 얼굴 아래에는 진검 하나씩을 품고 세 치 혀를 그 대신 삼아 검무(劍舞)를 겨루는 자리 말이다.

특히 정민에게는 그럴 수밖에 없었다. 그는 벌써부터 이석을 어떻게 구슬려서 지금의 일에 최대한 얽히지 않고 빠져나갈지만 생각하고 있었다.

"준비가 되었습니다. 나리. 어서 행차하시지요."

저녁 무렵이 되어서 오저군이 말과 수행원들을 준비시켜 놓은 다음에 정민을 찾았다.

"예빈소경께서도 채비를 마치셨는가?"

"곧 나오신다고 합니다. 나리께서도 어서 서두르시지요."

"알겠네."

아랫사람이 윗사람보다 뒤에 나올 수는 없는 노릇이다. 정민은 서둘러서 관복을 갖추어 입고 밖으로 나갔다.

다행히 정민이 나온 조금 뒤에 김순부가 모습을 드러냈다. 정민은 김정명과 함께 깊숙이 허리를 숙여 김순부에게 인사를 했다.

"아, 먼저들 나와 있었는가?"

김순부는 사람 좋은 미소를 지으며 정민과 김정명의 어깨를 가볍게 두드린 다음에 말 위에 올랐다.

"슬슬 출발합세. 내일 갈 길이 머니 일찍 다녀와서 다들 쉬는 게 좋을 것이야."

사절단 가운데에서 가장 태연자약하고 담담한 사람을 꼽자면 예빈소경 김순부라고 할 수 있었다.

그의 사람 좋은 얼굴에는 어딘지 모르게 수심이 깔려 있었으나, 대개의 사람들은 그저 인상 좋은 남자로 기억을 할 뿐이었다.

그러나 정민은 평양에서의 술자리 이후로 김순부가 보통내기가 아님을 짐작하고 있었다. 김순부에 대해서 말의 행간마다 뼈가 있는 칼을 숨기고 있는 사람이라고 정민은 생각했다.

"예빈경께서는 몸이 정말 안 좋으신가?"

김순부의 물음에 정민은 그렇다고 대답을 했다.

생각해 보니 김순부는 사행길 내내 도통 사절단의 일

들이 어떻게 돌아가는지에 대해서는 그다지 관심을 보이
지 않고 있었다.

그저 어디에 머물 때면 술이나 한잔 들이키며 풍류나
즐기는 것이 전부였다. 정민은 괜히 이래저래 참견 놓을
사람이 줄어 좋다고 생각하고 있었다.

"그렇다고 하십니다."

"그래도 아랫사람들이라도 함께 연회에 많이들 참석하
면 좋았을 것을 말이네."

"내일은 무슨 일이 있어도 중도로 떠나야 하니, 예빈
경께서 숙고 끝에 저희만 보내라고 하신 것 같습니다."

"자네나 예빈경이나 참으로 걱정이 많은 사람이로군.
술은 술대로 마시고 길은 길대로 가면 될 것이 아닌가?"

그냥 농으로 듣고 넘겼지만, 어쩐지 말에 뼈가 있는
것 같아 정민은 흘끔 김순부를 돌아보았다.

그의 표정이 차갑게 굳어 있다는 느낌을 받았지만, 정
민은 애써 별일 아니겠거니 하고서 다시 앞장서서 나아
갔다.

"예빈소경께서 술자리에 사람이 많이 참석하지 않게
되어 아쉽게 생각하시나 봅니다."

눈치 없는 김정명이 말을 정민의 옆으로 붙여 속닥거

렸다.

머지않은 곳에서 김순부가 들을 수도 있을 정도의 목소리 크기였다.

"이보오, 김 공."

정민이 나직한 목소리로 눈치를 주자, 김정명은 그제야 자신이 실수를 했음을 깨닫고는 괜한 헛기침을 하며 다시 정민에게서 떨어졌다.

그렇게 한동안 세 사람은 이석이 보낸 수행원의 안내를 받아서 말없이 요양성이 서문까지 나아갔다.

해가 져서 문이 닫힌 요양성 서문 곁의 작은 문으로 수행원이 안내를 했다. 그곳의 경계병에게 이석이 손님을 모시기 위해 보낸 것이라 전하자, 그는 별 말 없이 문을 열어 주었다.

"조심해서 다녀들 오십시오. 요즘 성 밖에 밤이면 비적이 횡행한다는 이야기들이 많습니다."

"이석 나리께서 준비하신 자리이니 별 일 없을 것이네."

경계병의 언질에 수행원은 괜찮을 것이라 웃으면서 성 밖으로 나섰다.

쪽문을 나서니 사방으로 불빛 하나 없고, 드넓게 펼쳐

진 야지(野地)를 횃불에 의지하여 나아갈 수밖에 없었다.

"그런데 왜 갈왕 전하와 이 공께서는 늦은 밤 바깥에서 연회를 베푸신다는 겁니까?"

"원래 여진족 풍습 가운데 하나이지요. 장막을 펼쳐 놓고 고기를 구우며 술을 밤새 나누는 것이 또 재미가 아니겠습니까? 그나저나 초대하신 인원에 비해 사람이 많이 줄어 조금 섭섭해하실까 걱정입니다. 술과 고기를 많이 준비했다고 들었습니다."

정민이 궁금했던 바를 수행원에게 묻자, 그는 별것 아니라는 투로 대답했다. 오히려 고려 사절단 모두가 참석하지 않아서 아쉽다는 이야기를 하고 있었다.

정민은 그날 낮에 예빈경을 포함해 많은 사람들이 일정을 고려하여 초대에 응하기 어렵다는 연통을 주었을 때 별말이 없었던 것을 떠올리고 의아했다. 그 정도 시간이면 인원에 맞춰서 준비를 충분히 하고 남을 시간이었다.

"……."

무어라 더 캐묻기도 멋쩍어 정민은 입을 다물고서 수행원이 이끄는 대로 말을 몰아가기만 했다.

그렇게 얼마쯤 더 갔을까, 어느 순간 찜찜한 느낌에

뒤를 돌아보니 김순부의 모습이 보이지 않았다.

그때 바로 앞에 있던 수행원이 갑자기 정민이 탄 말의 고삐를 잡아챘다. 정민은 순간 말에서 떨어질 뻔해서 깜짝 놀라 수행원을 돌아보았다.

"가만히 계십시오. 소리를 내시면 안 됩니다."

수행원은 칼을 빼어 들고 있었다.

갑작스러운 상황에 김정명도 깜짝 놀라서 허둥대고 있었다.

그는 놀라서 벌어진 턱을 채 다물지도 못한 채였다. 그는 팔을 들어 수행원을 가리키면서 그만두라고 외쳤다. 그리고 그 외침은 이내 비명으로 변했다.

"이런! 그래서 가만히 있으라 하지 않았습니까!"

수행원은 화를 내면서 말에서 고꾸라진 김정명에게로 다가갔다. 정민도 상황이 심상치 않음을 느끼고서는 품에 차고 있던 단도를 꺼내 들고 주위를 살폈다. 사방이 어두워 아무것도 보이지 않았다.

"화살에 맞았으나 급소는 피해 갔습니다. 어서 말에서 내려 이쪽으로 오셔서 말과 바위를 방패삼아 화살을 피하십시오. 곧 우리를 노리는 자들이 들이닥칠 것입니다."

"도적인가?"

다행히 수행원은 정민을 노리고 있는 적은 아닌 모양
이었다.

그는 화살에 맞아 피를 흘리며 신음을 하는 김정명을
조심스레 부축해서 은폐된 바위 뒤에 눕혀 두고서 그곳
에서 칼을 든 채로 경계를 하며, 정민에게도 가까이 올
것을 주문했다.

정민은 낮은 목소리로 수행원에게 물었으나 그는 한참
을 대답이 없었다. 얼마가 흘렀을까, 날아오던 화살이 멈
추고 멀리서부터 횃불의 무리가 보이는가 싶더니 말발굽
소리가 거세지는 것이 느껴졌다. 족히 수십 마리는 되는
말이 함께 내달리는 소리였다.

"도적이요? 글쎄, 그것까지는 잘 모르겠습니다. 제 생
각을 말씀드리자면 도적은 아닐 겁니다. 제가 나리들을
지켜 드리기에는 중과부적일 수 있습니다. 비상시에는
스스로를 지키셔야 합니다."

수행원은 영문 모를 소리를 하고서 이번에는 활을 꺼
내 들어 횃불이 일렁이는 쪽으로 화살을 쏘았다.

그가 그렇게 몇 발 쯤 쏘았을까, 말이 고꾸라지는 소
리가 나면서 백 보 쯤 밖에서 웅성거리는 소리가 들렸다.

정민은 바위 뒤에서 고개를 살짝 내밀고 그 광경을 지

켜보았다. 어두워서 잘 보이지 않았으나, 횃불에 비친 적도들은 족히 서른은 넘어 보이는 숫자였다.

그들은 앞서 달리던 자들이 화살을 맞은 말에 내동댕이쳐지면서 잠시 멈춰 서 있었다. 이내 그 쪽에서 외침이 들려왔다.

"순순히 무기와 가진 것을 다 내려놓는다면, 가는 길만큼은 편하게 보내 주도록 하마."

여진말로 윽박을 지르는 소리였으나 그 내용은 얼추 짐작이 가는 것이었다.

수행원도 굳이 그 말을 옮겨 줄 생각은 없는 모양이었다.

"조금만 기다리십시오. 곧 구원할 사람들이 올 것입니다."

저들이 외치는 말을 옮겨 주는 대신에, 수행원은 전혀 기대치도 않았던 이야기를 하고 있었다.

정민은 그의 날카로운 눈매를 정면으로 보고서는 그것이 사실임을 믿을 수 있었다. 어찌 된 영문인지 알 수 없었으나, 일단 목숨은 구할 수 있다는 생각에 나직이 안심이 되었다.

"준비하십시오. 활과 검 어느 쪽이 편하십니까?"

둘 다 제대로 쓸 줄 모르는 정민이었다.

그래도 굳이 따지자면 활 쪽이 낫지 않을까 생각했다.

그래도 고려에 온 뒤로 취미 삼아 궁술을 익혀 볼까 연습해 보기도 했었고, 원거리 무기를 일단 쥐고 있는 것이 보다 몸을 다치지 않고 시간을 벌 수 있지 않을까 싶었다.

"활을 주시오."

"큰 기대는 안 됩니다만, 필요할 때 제대로 지원을 해 주셔야 할 겁니다."

수행원은 자신이 쥐고 있던 활과 전통(箭筒)을 정민에게 건네고서 칼을 다시 빼어 들고 바위 앞으로 비껴 나갔다.

이내 적도들의 무리 가운데에서 사내 몇몇이 잘 벼려져 번뜩이는 장검을 들고 슬금슬금 다가왔다.

정민은 저들이 그냥 도적떼가 아니라 훈련받은 병사들이라는 느낌을 강하게 받았다.

검을 바로 쥐고 천천히 사위를 좁혀 오는 형세가 보통 내기들이 아니었던 것이다.

"어디서!"

수행원은 자신의 어깨로 들어오는 검을 쳐 내고서 상

대편의 팔뚝을 그었다.

그리고는 다시 달려드는 다른 적을 몸을 숙여 피하며 그 정강이를 쳐 내어 넘어뜨렸다.

적들이 한둘이 아닌지라 그사이 다른 놈이 뒤에서 수행원을 향해 달려들었다. 정민은 황급히 화살을 시위에 재워서 그놈에게 쏘았다. 다행스럽게도 칼이 수행원의 등으로 떨어지기 전에 놈의 등허리에 화살이 박혔다.

"고맙습니다."

경황이 없는 와중에도 수행원은 잠시 고개를 젖혀 정민에게 시선을 주고서는 다시 자신에게로 달려드는 적들에 동시에 맞섰다.

일개 길잡이 치고는 대단한 무용이었다.

정민은 내심 그 정체가 궁금하여 감탄을 하면서 조금이라도 도움이 될까 해서 화살을 다시 재빨리 재워 멀리서 달려들 준비를 하는 놈들에게 쏘았다.

혹여 수행원 근처의 놈을 노리고 쏘았다가 부족한 실력으로 수행원을 쏠까 싶어 일부러 멀리 있는 자들을 견제한 것이다.

"윽……!"

두 명을 동시에 상대하는 것은 확실히 아무리 실력이

좋아도 조금 힘에 부치는 일이기는 한 모양이었다.

수행원은 잠시 틈을 보인 사이에 한 놈의 칼에 허리를 조금 베였다. 그는 그러나 입을 앙다물고서 바로 역으로 치고 들어가 놈의 등에다가 칼을 그어 내렸다.

"이놈들! 당장 멈추지 못할까!"

아무래도 더 이상 버티기가 슬슬 힘들다고 느낄 쯤, 멀리서부터 고둥소리가 들리면서 말을 달려오는 소리가 다시 들렸다.

적의 원군이 아니라면 분명히 자신들을 돕고자 온 것이 분명하다는 생각에 정민은 안도의 한숨을 쉬었다.

그사이 수행원은 상대를 하던 나머지 한 명도 처리를 하고 땅에 주저앉아 거친 숨을 토해 내고 있었다.

정민 혼자 다치지 않았지만, 수행원과 김정명은 부상을 입은 상태였다.

정민은 황급히 김정명을 들쳐 업었다.

적도들은 갑자기 족히 일백은 되어 보이는 기병들이 들이닥치자 당황하여 무기를 버리고 도주를 시작했다. 그들을 구원해 주기 위해 온 사람들의 가장 선두에 있던 자가 투구를 벗고 말에서 내려 수행원에게 다가왔다.

가까이 다가오는 얼굴을 보니 다름이 아닌 이석이었

다. 그러나 정민은 이석 때문이 아니라 그 뒤에 따라온 말에 기겁을 하고 말았다.

"수고하셨습니다, 전하."

기껏 수행원이라고 생각했던 정민은 그가 전하라는 호칭이 붙을 정도의 사람이라는 것을 알고 깜짝 놀랐다.

"아니오, 장인."

이석에게 장인이라는 것을 보니 틀림없이 갈왕 완안옹이었다.

정민은 어지간한 일에는 당황하지 않는다고 스스로를 평가하고 있었지만, 이런 당혹스러운 전개에는 놀라지 않을 수 없었다.

"부상을 입으셨지 않습니까?"

"괜찮소. 살짝 베인 것이니 신경 쓰지 않아도 좋소이다. 간만에 몸을 썼더니 예전 같지가 않아 실수하였소."

"직접 몸으로 겪으셨으니 이제는 믿으시겠지요."

"믿다마다. 내가 마지막까지 결심이 필요하여 그랬소. 내가 칼을 나누며 본 얼굴은 분명 일전 요양성내에서 군사훈련을 지휘하던 사르군의 얼굴이 맞더군."

"요양성내로 달아나고 있던 자도 잡아 왔습니다."

이석의 말에 완안옹이 고개를 끄덕였다.

그는 다시 기운을 차렸는지, 간단히 허리를 동여매어 지혈을 한 다음에 자리를 털고 일어나서 정민을 돌아보며 말했다.

"속여서 미안했소. 나는 대금국 동경 요양부 유수 갈왕 완안옹이라 하오."

"고려국 예부원외랑 정민이라 하옵니다. 전하를 몰라 뵈고 실수 한 것을 용서하십시오."

"일부러 속인 것이니 괜히 신경 쓸 필요 없소이다. 일단 여기는 이야기하기에 좋은 곳이 아니니 자리를 옮기는 것이 어떻겠소?"

완안옹이 그렇게 말하고서는 손짓으로 병대(兵隊)를 움직이게 했다.

몇몇 이들이 나와서 다친 김정명을 말에 곱게 싣고, 도망간 정민의 말을 대신하여 새로운 말을 내주었다. 완안옹은 부드러운 융모(絨毛)로 잘 만들어진 외투를 걸쳐 입고서, 금으로 치장된 단검을 허리에 차고 말위에 올라탔다.

"밤바람이 차가워지고 있소. 어서 움직입시다. 그리고 요양성으로 빨리 돌아가 처리해야 할 일도 있고. 기대했던 노지에서의 연회는 즐기지 못하겠으나, 내 이를 대신하여 관저에서 술상을 보아 놓았소. 그리 갑시다."

"예, 전하."

또렷한 고려어의 구사에 정민은 다시 한 번 새삼스레 놀랐다. 그저 황제의 견제로 인하여 밀려난 황족 정도의 인상만을 가지고 있었는데, 실제로 본 완안옹은 걸물이었다.

정민은 이제 그를 통해서 이 일련의 소동이 무슨 이유로 일어난 것인지 들을 수 있겠다는 기대를 가지며 그의 뒤를 따랐다.

❋   ❋   ❋

완안옹은 본래는 요양의 병졸들이었으나 고준복의 부임 이후 이석의 휘하로 들어간 사병들을 이끌고 요양성에 들이닥쳐 바로 성을 지키고 있던 병사들에게 명령을 내렸다.

대개 요양에서 대대로 살아온 사람들인 병사들은 완안옹의 명령을 마치 기다리기라도 했다는 듯이 바로 그의 지휘 아래로 들어가 움직이기 시작했다.

완안옹이 서문에 다시 당도한 지 채 한 시진이 지나기

전에 요양성의 모든 성문과 관청, 그리고 주요 시설이 모두 그의 명령 하에 장악되었다.

완안옹은 황제가 허락한 바 없는 직권으로 현재 공석인 동경로(東京路)의 병마도총관(兵馬都總管)의 지위를 이석에게 주었다.

동경 요양부를 비롯한 일대 전부의 병력을 모두 통솔할 수 있는 자격을 준 것이다.

"이것은 반역이오, 갈왕 전하. 금상폐하께서 이를 아시면 결국에는 반드시 대가를 치르게 될 것이오."

더러는 완안옹에게 저항하는 자들도 있었는데, 대개 동경로 군의 주축을 이루는 여진 및 거란인으로 이루어진 맹안(猛安)의 지도자들이었다.

그러나 그들의 의미 없는 저항은 오래가지 못하고 중단되었다. 완안옹이 고준복과 그 수하인 사르군을 잡아다 놓고 고려 사신단을 습격한 일을 실토하게 한 것이었다.

고준복은 목숨을 살려 준다는 것을 조건으로 황제의 밀지를 완안옹에게 건네주었다.

이미 대강의 사실을 짐작하고 있었으나, 그 밀지를 보는 순간 완안옹은 분노를 참을 수가 없었다.

간신히 절제하고 있던 화의 봇물이 터지면서 그는 노성을 지르며 고준복을 패대기쳤다. 만천하에 황제의 더러운 음모가 드러난 지금 상황에서 어떤 이들도 완안옹을 비난할 수 없었다.

그러나 이 모든 것이 즉각적인 반역으로 이어진 것은 아니었다.

완안옹이나 이석은 그렇게 낮은 수준의 전략가들이 아니었다. 요양의 상황이 새어 나간다면 언제고 아직 여물지 않은 시기에 싹을 도려내고자 황제가 남송으로 향하려 했던 군대의 기수를 요동으로 돌릴 수 있었다.

이미 전쟁이 차곡차곡 준비되고 있느니만큼 요양에서의 섣부른 거병은 곧 황제의 실력 행사에 의한 완전한 실패로 끝날 가능성이 높았다.

"대강의 정리가 끝났으니 관저로 드시오. 내 보여 드릴 것이 있소."

완안옹은 정민뿐만 아니라, 객관에 머물고 있던 예빈경 최유청까지 아픈 것이 핑계인 줄 안다는 말을 전해 불러내었다.

갑자기 성내가 소란스러워지자 객관의 문을 완전히 걸어 잠그고 사절단들로 하여금 몸을 사리게 하고 있던 최유청은, 갑작스럽게 찾아온 병졸들이 동경유수가 부르니 나와서 관저로 찾아오라는 말에 처음에는 두려워하다 끝내 결국 몸을 이끌고 나올 수밖에 없었다.

불안한 마음도 잠시, 관저에 오자마자 정민의 모습을 보고서 그는 조금 안심을 했다.

"도대체 무슨 일이 일어난 것입니까?"

"일단 이자들부터 보시오."

최유청의 물음에 완안옹은 지친 듯 좌상에 걸터앉으며 대답했다.

그가 손짓을 하자, 병졸들 몇 명이 포박된 남자 둘을 끌고 왔다.

두건이 씌워진 채로 끌려 나온 그들은 이내 완안옹의 앞쪽에, 최유청과 정민이 잘 볼 수 있도록 세워진 뒤 두건이 벗겨졌다.

백짓장같이 하얗게 질린 얼굴로 드러난 두 남자를 보고 최유청과 정민은 놀라지 않을 수 없었다.

"왜 예빈소경이 잡혀 있는 것이오? 그리고 저자는……."

"저자들이 그대들을 죽이고자 주모한 자들이오."

완안옹의 말에 정민은 놀라서 어안이 벙벙했다. 최유

청도 눈이 휘둥그레져서 무어라 말을 잇지 못하고 있었다.

최유청이 진정으로 놀란 것은 김순부도 김순부였지만 옆에 서 있는 남자 때문이었다. 눈이 살짝 흐려진 채로 숨을 헐떡대고 있는 늙은이는 다름 아니라 정자가였다.

"개경에 있어야 할 자가 대체 왜 여기에?"

"누구입니까?"

"얼굴을 아직 한 번도 보지 못했는가? 자네 당숙 되는 정자가일세."

이름으로만 듣던 정자가를 직접 눈으로 본 정민은 당혹스럽다 못해 이제는 화가 치밀 정도였다.

만약 완안옹이 밝힌 것이 진실이라면 정자가가 어떤 형태로든 정서와 자신을 조정에서 몰아내려는 세력들과 함께 일을 꾸민 것이 분명했다. 그렇지 않다면 지금 그가 여기 수천 리 밖 동경 땅에 있을 이유가 없었다.

"네, 네놈이 정민이로구나. 네놈이 나를 기어코 이 지경에 몰아넣었구나!"

최유청의 말을 들었는지, 갑자기 정자가가 미친 듯이 정민을 향해 고래고래 소리를 질러 댔다.

그의 갑작스러운 행동에 병사들이 그를 제지하여 무릎

을 꿇렸다. 그는 그르렁거리는 소리를 내면서 정민에게
저주의 말을 퍼붓기를 멈추지 않았다.

"네가 도대체 무엇이기에 나에게 이런 인격적인 모욕
을 줄 수 있단 말이냐? 도대체 무슨 원한을 지었기에 갑
자기 집안에 굴러 들어와 모든 것을 이따위로 망가뜨릴
수 있단 말이냐? 대답해 보아라! 네놈과 네놈의 아비가
결국에는 우리 가문을 망하게 하고 역적질로 이름을 남
기게 할 것이다!"

정민은 묵묵부답으로 정자가가 외치는 절규를 들었다.

그의 어처구니없는 언사에 정민은 이상하게도 기분이
차분하게 가라앉았다. 어떻게 보아도 정자가는 제정신이
아닌 것으로 보였다.

정민은 그에게는 일언반구 대꾸를 하지도 않고 옆에서
입을 앙다물고 서 있는 김순부에게로 다가가 물었다.

"대체 어떻게 된 일입니까? 오늘 나를 죽을 사지로 몰
아넣으신 것이 맞습니까?"

김순부는 고개를 치켜들고 시선을 다른 곳으로 보낸
채 정민의 질문을 회피했다. 그의 입은 여전히 닫힌 채로
열리지 않고 있었다.

그러나 그 소명조차 하려 하지 않는 이상하게 뻔뻔한

태도에서 정민은 그가 연루되어 있던 것이 사실임을 알 수 있었다.

"그만 저자들을 눈앞에서 치우게."

완안옹이 다시 그들을 끌고 가게 한 다음, 최유청과 정민에게 앉을 것을 권했다. 그는 간단하게 차려진 주안상을 내어 오게 하여 둘에게 술을 한 잔씩 권했다.

"일단 드시오. 이야기를 하자면 밤을 다 새어도 모자랄 것이오."

완안옹이 건네주는 주배(酒杯)를 받아 들고 한 모금 술을 입안에 헹구듯이 마셔 넘긴 뒤, 정민은 완안옹의 다음 말이 떨어지기를 기다렸다.

그로서도 궁금한 것이 한두 개가 아니었다.

"……내 숙부이자 장인 되는 이석은 다들 아실 것이라 믿소."

완안옹은 자신이 말을 구구절절 늘어놓는 대신에 옆자리에 이석을 앉히고 그로 하여금 설명을 하게 했다.

이 일의 전말을 누구보다 잘 알고 있는 것이 그이니만큼 그의 입으로 듣게 하는 것이 옳다는 생각이었다.

이석은 완안옹의 곁에 앉아서 최유청과 정민을 한 번씩 번갈아 보고서는 고개를 깊게 숙였다.

"우선 황을 훔친 것은 미안하게 되었소. 그렇잖아도 황을 구하는 것이 어렵던 차에 사절단에 황을 한 수레나 싣고 있는 자가 있다기에 내가 간계를 좀 부렸소."

이석이 처음 꺼낸 이야기는 의외로 황에 관한 것이었다.

"기왕에 일이 되었으니 괜찮습니다. 어쩐 연유에서인지 설명을 해 주실 수 있습니까?"

"보다시피 요양의 상황이 이렇소. 지금 당장은 아니지만 언젠가는 황제와 대적해야 할 준비가 되어 있어야 하오. 그리고 그날이 생각보다 얼마 남지 않았다는 사실이 이번의 사건들로 인하여 드러나게 되었지. 그 와중에 우리는 화약을 손에 넣어야만 했소. 이에 관한 것은 이쯤에서 언급을 그만하리다. 당초에 황을 훔친 것은 우리가 황을 거래하여 소문이 퍼지지 않게 하기 위해서였는데, 일이 이미 이리되었으니 값은 온당하게 치르도록 하겠소."

"알겠습니다."

값을 쳐 주겠다는데 받지 않을 이유는 없었다.

역시 예상대로 화약을 만들고자 하는 이유에서 황을 훔쳐 간 것임을 확인했으니 속은 후련해졌다.

화북을 손에 넣으면서 북송(北宋)이 가지고 있던 화약

기술을 확보한 금나라는 여러 가지 화약 무기들도 만들어 내고 있었다.

그러나 그 폭발력이 강하지 않기 때문에 전투의 판도를 뒤흔들 만한 것은 아니었고, 대개는 화전(火箭)으로 쓰이거나, 종이를 두껍게 겹쳐서 탄피를 만들고, 그 안에 화약을 쟁여 넣은 다음 대나무 대롱을 심어 그곳에 심지를 넣고 불을 붙여 적진을 향해 던지는 정도의 기초적인 포탄(砲彈)이 전부였다.

이런 무기로 얻을 수 있는 최대한의 효과는 적을 놀라게 하고, 적진에 불이 붙게 하는 정도가 전부였다.

그럼에도 불구하고 그런 무기가 있는 것과 없는 것의 차이는 클 것이다. 특히 수성전(守城戰)을 할 때는 이 정도의 무기들도 적군의 성벽으로의 접근을 차단할 수 있는 효과를 발휘할 수도 있었다.

그런 무기를 확보하려면 대량의 화약이 필요할 터이고, 그것을 제조하는 데 필요한 재료들을 남들 시선을 피해 구하려 했으니 이런저런 무리수를 둘 수밖에 없다는 것 자체는 이해했다.

"한 달 반쯤 전의 일이오. 전하께서는 황제에 의해 불미스러운 일을 겪으시고 이곳 동경유수로 좌천되어 와

계셨고, 나는 심신이 약해진 전하를 멀찍이서 지켜보고 있는 것 외에는 할 수 있는 것이 아무것도 없었소이다. 다만 전하의 영을 빌려서 요양 안에서 고존복의 힘이 커지는 것을 견제하는 것이 내가 할 수 있는 전부였소. 다행히 내게 사병들이 있어 혹여 모를 일을 방비코자 종종 동경로 일원을 순시하고 다녔는데, 이때 수상한 자가 내 손에 걸려들었소이다. 누군지 짐작하시겠소?"

"혹 정자가를 말씀하시는 겁니까?"

"그렇소. 웬 늙은 고려인이 금전을 마구 쓰면서 중도로 자신을 데려다줄 사람을 물색하고 있다기에 그저 연유나 물어볼까 해서 찾아갔었소. 그런데 이자가 무슨 이유에서인지 검문에 응하지 않고 줄행랑을 치려 했소. 그래서 내 의심이 가서 그자를 일부러 잡아다가 심문을 했더니, 자신이 허무맹랑하게도 고려왕의 밀사이니 잠자코 중도로 보내 달라고 하지를 않소이까? 처음에는 미친 자인가 했는데, 당당하게도 밀서를 내게 들이미니 일단 보지 않을 도리가 없지 않겠소?"

"밀서의 내용이 무엇이었습니까?"

"짐작들을 하겠지만, 중도의 황제에게 고려 사신단이 요양에 들어오거든 사고를 가장해 죽여 달라는 내용이었소."

"……진정 그렇습니까? 임금이 우리를 쳐 죽이라 황제에게 밀서를 보냈단 말입니까?"

맥락을 파악하느라 그간 잠자코 듣기만 하고 있었던 최유청이 손을 파르르 떨며 이민에게 되물었다.

"그것까지는 잘 모르겠소. 나는 내가 보고 들은 것을 말할 뿐이지, 알지 못하는 고려 내의 사정은 이야기할 수 없지 않겠소? 다만 누군가는 귀공들이 죽는 것을 간절히 원해서 이러한 일을 꾸몄다는 것만큼은 확실하다고 하겠소."

"그래서 어찌 되었습니까?"

"내가 고려말에 능통한 자를 불러다가 이 밀서를 그대로 쥐어 주고 황제에게 찾아가도록 했소. 그리고 황제가 어떤 비답을 내리는지를 들어오게 했소이다. 그 일을 맡았던 자가 황을 훔치도록 계략을 부린 소염이오."

"황제를 떠보신 겁니까?"

"마지막으로 그래도 한 톨의 신뢰가 남아 있었나 보오. 그런데 이 미친 황제가 잘되었다며 이것을 이용해 갈왕 전하와 나를 사지로 몰아넣으려 작정을 하더이다. 자, 이제 선택지가 무엇이 있겠소? 나는 정자가라는 자를 며칠간 고신하여 배후에 있는 이름을 들었소이다. 김순부라는 자가 그 가운데 하나인데 곧 사절단에 끼어서 요양으로 들어올 것이라 실토를 했소."

"……도대체 김순부 그자가 왜?"

이석의 말을 듣고 있던 최유청이 신음을 흘렸다.

확실히 김순부는 특별히 조정의 알력 관계에서 도드라지는 인물은 아니었다.

다만 묘청의 난에서 세운 공으로 인해 출세가도를 달리게 되었고, 그 결과 중직까지 오르게 된 것이 전부로 알고 있었다. 그러나 사실은 그자가 누군가를 위해 움직이고 있던 모양이었다.

"배후에 누가 있는지는 나로서도 알 수 없소. 이제 김순부를 잡아들였으니 좀 더 캐물어 보면 알 수 있겠으나 장담은 못하겠소. 혹여 원한다면 신병을 넘겨드리리다. 그러나 만약 중도로 더 나아갈 생각이라면 귀국할 때까지는 내가 맡아 두는 것도 나쁘지는 않을 것이오. 그간에 배후를 좀 더 캐물어 보리다."

"그렇게 해 주십시오."

최유청이 질렸다는 듯 대답했다. 그는 도대체 이 일련의 일들을 아직 믿기 어려운 듯 보였다.

그도 그럴 것이 그는 정서와 인척 관계에 있었고 대령

후와 조금 친밀하게 지냈던 것이 잘못의 전부였다.

큰 벌을 받지는 않았지만, 외관직을 전전하며 중앙에 돌아오지 못하기를 몇 년이었고, 기껏 복권되어 개경으로 오게 되었나 했더니 돌아온 것은 중상모략으로 만리타향에서 목숨을 잃을 뻔한 것이다.

차라리 대놓고 누구를 적대하여 갈등의 결과로 이렇게 되었다면 억울하지나 않을 것인데, 그 자신도 모르는 곳에서 자신을 죽이려는 일이 진행되고 있었다는 것을 알자 그저 당황스럽다 못해 기가 질려 버리고 만 것이었다.

"제 처는 어떻게 된 것입니까?"

"아, 그렇지. 그 이야기를 빠뜨렸군. 여하간 그 정자가라는 자가 발각된 이후로 나는 사람을 늘려서 수시로 동경로의 경계 지역까지 순찰을 돌렸소. 그 와중에 경계를 넘다가 발견된 것뿐이오. 대체 귀공의 처들이 무슨 이유로 요양으로 오려 했는지는 귀공이 오히려 설명을 해주어야겠소."

"제가 사절단에 참여하는 것을 알고 만나고자 왔다는 것 외에는 짐작 가는 바가 없습니다."

갑자기 뜬금없이 정민의 아내라는 여자들이 언급되자

최유청이 무슨 이야기냐고 눈짓을 보내 왔다.

정민은 대충 나중에 자세히 이야기를 하겠다고 눈치를 준 뒤, 다시 이석에게로 시선을 돌렸다. 이석은 정민을 바라보며 다시 되물어 왔다.

"귀공의 처들은 지금 깨끗하고 지낼 만한 방에서 머물고 있소. 내가 좀 이따 불러다 드리리다. 재회의 정은 나중에 나누고 일단은 우리 이야기를 마무리 지읍시다."

"예, 말씀 계속하십시오."

"어쨌든 황제가 밀서를 받아 보고서는 고준복에게 곧 명령을 내리게 될 것이라는 사실까지 알았으니 나는 이제 가만히 있을 수가 없었소. 금명간에 고려 사절단이 요양에 도달할 것이라는 이야기가 들리고, 황제가 언제고 우리를 옭아 넣을 수 있다는 데까지 생각이 미치자, 나는 전하를 더 이상 그대로 내버려 둘 수가 없었소. 내 여식을 전하에게로 마침 시집을 보내 놓았기에 그 아이에게 전말을 귀띔해 주었소. 전하는 처음에는 모든 것을 그대로 믿지는 않으셨소이다."

이석이 완안옹을 돌아보자, 완안옹이 손에 쥐고 있던 술잔을 놓고서 입을 열었다.

"나는 그저 장인이 나를 정신을 차리게 하고자 하는

줄로만 알았소. 물론 황제의 악랄함이야 누구보다 뼈저리게 알고 있어서 그럴 가능성이 있다고 생각을 하기는 했었소. 그래서 내 장인에게 정말로 그 일이 일어난다면 내 지난날의 오욕을 되갚아 주리라 다짐을 했소."

"……."

"그리고 장인에게 고려 사절단이 들어오면 하루가 지나 연회를 열라고 주문을 했소이다. 황제의 전령으로 보이는 수상한 자가 요양성으로 들어와 고존복을 찾았다는 첩보를 듣고서는, 바로 구실을 만들어 사절단을 연회를 핑계로 밖으로 나오게 만들라고 하였소. 그런 좋은 기회가 있다면 고존복이 노리지 않을 리가 없다고 생각을 한 것이지. 본의 아니게 미끼로 사용하여 미안한 감이 있소만, 때문에 그 사실을 책임지고 확인코자 나 스스로도 직접 길잡이로 변복하고 귀공들과 동행한 것이오. 양해 부탁드리오."

"아닙니다. 전하께서 미리 알고 준비해 두신 것이 아니었더라면 지금쯤 저희는 요동 벌판의 고기밥이 되어 황제와 개경의 정적들을 기쁘게 해 주었겠지요."

정민의 말에 완안옹이 만족스러운 표정을 지어 보였다.

그는 그러나 여기서 대화를 끝낼 생각은 없었다. 다시금 최유청과 정민 앞의 술잔을 채워 주며 그는 슬슬 본론을 꺼내기 시작했다.

"자, 이미 이런 일을 당한 데에다가 우리가 꾀하고 있는 바를 모두 들었으니, 귀공들은 이제 여기서 발을 뺄 수가 없소. 나는 내일 아침이 밝으면 고려 사절단을 도적떼에게서 구했다는 내용을 고존복의 이름으로 저잣거리에 내걸 것이고, 중도에도 보고할 것이오. 다만 뜻하지 않게 예빈소경 김순부라는 자는 죽었다고 밝힐 것이오. 그리고 중도에서 의심을 사지 않도록 차근차근 우리 군대를 모으고 힘을 기르면서 고존복의 이름으로 군비와 식량을 축적할 것이오. 물론 이러한 식의 속임수가 얼마나 지속될 수 있을지는 모르겠소. 기껏해야 두어 달 정도겠지. 그러나 그쯤이면 나는 황제가 남송을 향해 전쟁을 일으키리라는 확신이 있소."

"저희에게 그렇다면 원하시는 바가 무엇이십니까?"

최유청의 물음에 완안옹은 호쾌한 웃음을 지으며 대답을 한다.

"별것 아니오. 첫째로, 요양부에 큰일이 없었다는 듯이 자연스럽게 하루만 일정을 미루어 모레에는 중도로

가 주시오. 황제의 의심을 사서 좋을 것이 하등 없을 것이오. 둘째, 우리가 무기를 직접 만들 수 있도록 정민 공은 철, 초석, 황 따위를 이쪽에다 좀 팔아 주시오. 듣자하니 꽤나 큰 상단을 운용하는 모양이던데 말이오? 남송이든, 고려든, 일본이든 어디서 난 것이든지 좋으니 우리가 필요로 하는 것을 제때에 맞춰 가져다주기만 하면 좋겠소. 물론 재정이 열악한 상태라 큰 이문이 나도록 맞춰주기는 힘들 것 같아 이리 부탁하는 것이오. 그리고 셋째는, 최소한 우리가 거사를 하는 날이 다가오면 원병은 못줄망정 뒤에서 고려가 황제와 결탁하여 우리를 훼방하지 않도록 안정시켜 달라는 것이오. 물론 이 정치적 싸움에 필요한 것 가운데 우리가 지원할 수 있는 것은 지원해 드리리다. 어떻소이까?"

"말씀대로라면 저희가 잃을 것은 없군요."

정민의 말에 완안옹이 고개를 끄덕였다.

"귀공들에게 사실상 선택지가 없으니 서로 가급적이면 상호보완적인 결과를 제시해야겠다는 생각에서 이런저런 이야기를 하였소. 미안하오."

진심인지 예의상 하는 소리인지는 알 수 없었지만, 완안옹의 황족답지 않은 겸허한 풍모는 확실히 귀감이 되긴 했다.

이미 처음 마주 앉은 최유청마저도 그에게 좀 감화된 듯 이야기를 매우 경청해서 듣고 있었다.

"그렇지만 만약 거사에 실패하신다면 어찌 되는 겁니까?"

"그럴 가능성도 없진 않겠지. 그러나 명확히 해 둡시다. 이미 내가 보기에는 귀공들도 본의 아니게 돌아올 수 없는 강을 건넌 것 같소만, 아니오?"

완안옹의 말이 옳았다.

정민은 사실상 지금 퇴로가 차단된 것이나 마찬가지라는 사실을 깨달았다.

이미 고려에는 자신의 죽음을 원하는 세력들이 있다는 사실을 정민은 깨달았다. 그저 정치적 이권 다툼으로 보고 혹여 일이 잘 안 풀릴 경우에도 개경에서의 지위를 잃고 낙향이나 유배에 처해지는 정도로 안일하게 본 것이 아닌가 하는 생각이 들었다.

그러고 보면 아무 잘못을 한 바 없는 최여해도 정치적 희생양으로 누명을 뒤집어쓰고 죽었다.

권력이라는 것이 생각보다 달콤하여 한 번 손에 쥐게 되면 어떻게든 놓을 수가 없는 것이었다. 그리고 그것을

노리는 자들이 많기에 운이 좋게 그것을 손에 넣었다고
해도 지키는 것도 쉽지 않았다.

그러한 와중에 사람 목숨이 파리처럼 다뤄지는 것도
흔한 일이다. 이미 일이 이렇게 된 이상 그들과 대적하지
않고 피해갈 수 있는 방법은 없어 보였다.

"……가당하신 말씀이십니다, 전하."

정민은 깨끗하게 이제 수가 없음을 인정해야 했다. 오
히려 완안옹과의 관계가 마지막 남은 구명줄임을 알고서
오히려 안도의 한숨을 내쉴 수 있었다.

'만약 완안옹이 금나라 세종(世宗)이 되는 자라면 필
히 그는 정변에 성공하여 금나라의 전성기를 이끌 것이
다. 그렇다면 지금 하는 것은 도박이 아니라 투자가 된
다.'

정민은 가만히 앉아 있어도 드러나는 완안옹의 기품을
보며, 어째서 금 황제가 그를 두려워했는지를 조금은 알
수 있었다.

그것은 아마도 진정한 왕재(王才)를 갖고 태어난 종친
에 대한 열등감이 뒤범벅된 감정이었을 것이다.

객관적으로는 완안옹은 사실상 정치 구도에서 밀려난
상황임에도 불구하고 끊임없이 탄압할 구실을 찾아내어

아예 밀어내려고 하는 금 황제의 치졸한 면은 바로 그러한 자격지심에서 나왔을 것이다.

지금의 황제도 스스로 이전 황제를 몰아내고 면류관을 썼으니, 완안옹이라고 그러지 말라는 법이 있는가.

더군다나 완안옹은 누가 보아도 당금의 황제에 비해서는 훨씬 제위에 걸맞는 사람이었다. 정민조차도 직접 마주 앉은, 기도를 찾은 완안옹을 보면 그가 실패할 수는 없을 것이라는 생각을 할 수밖에 없었다.

이런저런 사고가 있었던 만큼, 최유청은 요양에서 하루 더 머물고 중도로 떠나기로 결정을 했다.

사절단 내부에는 일의 내막에 대해서 알리지 않고, 도적떼의 습격을 받아 예빈소경 김순부가 납치되고, 김정명은 화살에 맞은 것으로 하기로 정민과 최유청은 입을 맞추었다.

보통 심각한 문제들이 얽혀 있는 것이 아닌데다가, 지금은 어찌 되었든 일의 경과를 지켜보며 기다리고 있을 고려의 적들과 중도의 황제를 좀 더 속이고 있을 필요가 있었다.

만약 음모를 막아 내고 완안옹이 거병을 준비하고 있다는 사실이 알려진다면 고려 사절단 또한 오도 가도 할수 없이 요양에 매인 신세가 되어야만 했기 때문이다.

하루간의 말미를 얻은 덕에 정민은 그날, 다르발지를 만날 수 있었다.

다행히 일이 해명된 뒤에 완안옹이 후하게 대접을 해 주었는지, 다르발지의 표정은 밝았다.

멀리서부터 정민의 모습을 보고서 다르발지는 환하게 웃으며 달려와 그의 품에 안겨 들었다.

"상공!"

"오랜만이오. 그간 잘 지냈소?"

정민은 그녀를 꼭 끌어안아 주며 귀에 속삭였다.

고려에서의 삶을 살기 시작한 이후로 처음으로 정을 준 여자였다. 그만큼 그는 다르발지에 대해 각별한 감정이 있었다.

비록 멀리 떨어져 있으면서 얼굴을 보지 못한 지 오래였지만, 그리고 아직 어떤 면에서는 그녀에 대해서 잘 아는 것이 없었지만, 그래도 그날 밤, 그녀의 아름답던 모습을 기억하면 정민은 가슴이 뛰곤 했었다.

아직은 다시 얼굴을 보기 어려울 것이라고 생각하고 있었는데, 이렇게 예기치 않게 보게 되었으니 정민은 새삼 그녀의 얼굴을 뜯어 보게 되었다.

반가움에 함박웃음이 걸려 있는 그녀의 얼굴은 여전히 곱고 예뻤다.

도발적인 눈매에는 이상하게도 편안한 기운이 깃들어 있었고, 남장을 하고자 끝을 쳐 내 버린 머리조차도 아름다웠다.

그녀의 살 내음을 맡으면서 정민이 잠시 재회의 여운을 즐기는 사이, 옆에서 낯선 여자의 목소리가 들려왔다.

"안녕하세요."

갑작스러운 목소리에 정민은 살짝 불쾌해져서 목소리가 들린 곳으로 고개를 돌렸다.

돌아보니 어떤 가련한 외모의 여인 하나가 서 있었다.

마치 건드리기만 하더라도 깨질 것 같은 도자기 같은 피부에 커다란 눈망울만 덜렁 떠 있는 것 같았다. 정민의 품에 안겨 있던 다르발지가 그녀의 목소리를 듣고선 품에서 떨어져 나와 소개를 시켜 주었다.

"상공, 저와 여기까지 동행한 조인영이라는 아이예요. 상황이 어쩌다 보니 이 아이까지 상공의 아내라고 말을 맞추어 두었어요."

"아…… 알고는 있었소. 이석 공이 내게 찾아와서 아내가 둘이 아니냐고 묻더군. 하나는 내가 아는 아내인데, 다른 하나는 내가 모르는 아내라 난감했었소. 도대체 어찌 된 사정이오?"

"천천히 이야기해 드릴게요. 일단 안으로 드셔요."

다르발지의 청에 정민은 고개를 끄덕였다. 유수 관저 한쪽에 마련된 객방(客房)에 두 사람은 머무르고 있는 모양이었다.

"옥패를 잘 간직하고 있었소. 덕분에 수월히 믿어 준 모양이오."

다르발지는 정민이 건네 준 옥패를 쓰다듬으며 보다가 눈에 호선(弧線)을 그리며 웃음을 지었다.

"어떻게 된 영문인지 많이 궁금하셨겠어요."

"그럴 수밖에 없지 않겠소. 갈라전에 있어야 할 처가 갑자기 요양 땅에서 잡혀서 나를 찾고 있다니, 그 연유를 짐작이나 했겠소."

"사실 상공께서 중도로 사절단으로 가신다기에 혹여 얼굴이나 한 번 스쳐 지나가듯 뵐 수 있을까 해서……. 그래서 그냥 혼자 중도로 가겠다고 마음먹고 길을 떠난 것이에요. 사실 그때까지만 하더라도 일이 이렇게 될 줄은 몰랐는데."

다르발지의 말에 괜히 조인영이 순간 움찔거렸다.

그녀는 약간 난처한 표정으로 이도저도 아닌 채로 불편하게 앉아 있었다. 다르발지는 미소로 그녀에게 편히 있으라고 신호를 보내고서는 다시 정민을 바라보며 말을 이었다.

"그러다가 갈라전을 넘어가는 경계에서, 어둑한 산길에서 허름한 병졸들에게 겁간을 당할 뻔한 여자를 보았기에 구해 주었어요. 그게 인영이었습니다. 그런데 알고 보니 송나라 황녀라고 하질 않아요? 그래서 일단은 갈 곳이 없게 되었구나 싶어 거두어서 중도로 보내 어디 도망갈 곳이라도 찾아봐 주려고 했어요. 그렇게 막연하게 사람들을 피해서 줄러긴까지, 아참, 여기를 줄러긴이라고 불러요. 여진말로는. 그래서 이곳 경계까지 왔는데 그때 수상하다는 이유로 이석 공에게 붙들린 것이지요. 처음에는 상황이 이해가 가지도 않고 일이 꼬이기만 해서 정말 답답하고 끔찍했었는데, 그래도 다행히 운이 좋게 하나둘 풀려 가서 이렇게 상공과 마주 앉아 있을 수 있게 되었네요."

정민은 다르발지가 자기를 보고자 갈라전에서 떠나 중도로 올 생각을 했다는 데서 한 번 감동했다.

그러고는 그녀가 분명히 혼자서 이런저런 난관과 마주치면서도 그것을 잘 돌파하고, 지금 여기서 자신에게 웃음을 지어 보일 수 있다는 데에서도 놀랐다.

그녀는 여성스러우면서도 강인한 기묘한 매력이 있었다. 새삼스레 자신이 그때 며칠 만에 다르발지에게 그렇게 뜨거운 감정을 느끼게 된 것이 전혀 이상한 것이 아님을 깨달았다.

이 여인은 보통 사람이라면 감당할 수 없는 매력을 가지고 있었다.

"그런데 송나라 황녀라고 하셨소?"

정민은 문득 다르발지의 웃는 얼굴을 보다가 의문이 들어 조인영에게로 시선을 돌려 물었다.

처음에는 터무니없다고 생각되어 무슨 이야기를 하나 싶었다. 갑자기 송나라의 황녀가 왜 갈라전의 산도(山道)에서 끌려가다 겁간의 위기에 처한다는 말인가.

정민은 좀체 종잡을 수 없는 이야기라고만 생각했다

"그렇습니다. 금적(金賊)에게 도읍이 떨어지던 정강(靖康) 2년의 그날, 저의 부친께서도 태상황제 폐하와

황제 폐하와 함께 포로로 잡혀서 북방 외진 곳에서 감시 속에 살아가게 되셨습니다. 소녀의 부친 되시는 분이 태자(太子)이십니다."

"그러니까 금나라가 황도에 있던 황족들을 잡아다가 억류하고 여태 북방 야지에서 살게 하며 감시하고 있단 말이오?"

"그렇습니다. 조금만 알아보시면 제 말이 사실임을 아실 수 있을 것입니다."

조인영은 약간 떠는 목소리지만 확신에 차서 그렇게 말을 했다.

적어도 그것이 사실이든 아니든 조인영 자신은 확실히 믿고 있는 것임에 분명했다. 태자의 딸이라니…… 조금 얼떨떨해서 다르발지에게 시선을 돌리자, 그녀는 잘 모르겠다는 투로 고개를 저었다.

"확실히 개봉 함락 때에 잡힌 황족들이 벌써 삼십 년 넘게 갈라로와 그 인근 부락에 흩어져서 병사들의 감시를 받으며 살아가고 있는 것은 사실이에요. 인영도 그들 가운데 하나이고."

포로로 잡혀 온 황족들만 보아 와서 그런 것인지, 아니면 망국의 황족이라는 지위에는 별 감흥이 없는 것인지, 그도 아니라면 그저 애초에 별로 그런 것에는 신경을 쓰지 않는 것인지 알 수 없으나 다르발지는 조인영이 북송의 황족이라고 해서 특별히 유별하게 보는 것 같지는 않았다.

"할아버님이 마지막 황제라고 하셨소? 그렇다면 지금 임안에 앉아 있는 황제와는 무슨 사이요?"

정민은 역사를 좋아하기는 했으나, 사소한 사실들까지 속속들이 기억하는 재주는 없었다.

큰 맥락에서 요지를 파악할 뿐, 연도와 이름들, 그리고 수도 없는 인물들을 다 알고 있지는 못했다.

그래서 막연히 북송에서 피해 간 황족들이 남송에서 대를 이은 정도로만 기억하고 있었는데 생각보다 단순하게 전개된 모양은 아니었다.

"지금 임안에서 황제라 칭하시는 분은 제 작은 할아버님 되십니다."

당대 남송의 황제에 대해서 조인영은 조금 떨떠름해 하는 모양새였다.

"지금 황제는 진짜 황제가 아니란 말이오?"

"꼭 그렇다는 말씀은 아닙니다만, 그분께서 보위를 갖고 계시기 위해서는 할아버님이 금나라에 억류되어 있어야만 하는 상황이란 말입니다. 제 증조모 되시는 태황후께서 억류에서 풀리어 임안으로 돌아가게 되셨을 때, 할바마마께서는 눈물로 부디 동생에게 송토(宋土)로 돌아갈 수 있도록 해 달라 전해 달라고 탄원을 하셨습니다만, 어찌 된 일인지 그 뒤로 십수 년이 흐르도록 아무런 회답이 없었습니다."

정확한 정황은 모르지만, 정민은 대충 어떠한 흐름으로 일이 흘러갔는지 짐작은 할 수 있을 것 같았다.

북송의 마지막 황제가 퇴위한 그 부황(父皇)과 함께 금군에게 잡혀서 포로 신세가 되자, 남쪽으로 도망친 황족 가운데에서 황제의 아우 가운데 하나가 황제에 등극하여 금나라의 손길이 닿지 않는 강남(江南)에다가 남송을 세운 것이다.

나라의 명맥이 끊어진 것은 아니니 다행이라고 하겠으나, 새 황제가 등극하였으니 살아 있는 전 황제가 억류에서 풀려 귀환을 한다면 이만저만 골칫거리가 아닐 터였다. 어쩌면 완곡하게, 혹은 노골적으로 새 황제는 제 형의 억류를 금나라 측에 요청했을 수도 있다.

"그래서 이제는 어찌하시겠소? 보아하니 이제 그나마 황족이라 대접해 주던 것도 없고, 돌아가 보아야 어디 첩

실로 끌려갈 일만 남아 다르발지를 따라 이곳까지 온 모양인데, 앞으로의 계획은 있으시오?"

"......"

정민의 물음에 조인영은 답이 없었다.

사실 답을 하고 싶어도 어떻게 해야 할지 알 수 없을 것이다.

"송나라로 보내 달라고 하시면 그렇게 해 드릴 수는 있소. 고려를 몰래 거쳐 간다면 불가능하지는 않소이다. 내가 부리는 상인들이 천주까지 왕래를 하오."

"잘 모르겠습니다."

이곳에서 태어나 송나라의 황족이라는 정체성만 있을 뿐, 평생 송나라에는 가 본 적도 없는 조인영이었다.

올해 나이 열여덟. 평생을 금나라 동북방의 폐쇄된 조그만 마을 안에서만 살아왔던 그녀였다.

혹여 운이 닿아 남송으로 간들 그곳에서 그녀를 반겨 줄지도 의문이었다. 그녀는 아버지인 태자(太子) 조심(趙諶)의 주인(朱印) 하나를 핏줄의 증물 삼아 가지고 있기는 했다.

그러나 이미 나름의 질서가 정착한 임안에서 이미 잊힌 황족의 말예를 도장 하나만 믿고 환대하며 받아 줄 리 없다는 사실 정도는 조인영도 알고 있었다.

그렇다고 금나라에서 계속 미래도 없이 도망만 다니며 평생을 숨어 살 수도 없는 노릇.

언제고 그녀는 붙잡혀서 이름도 모르는 여진족에게 첩실로 끌려갈 수도 있었다. 중도에 있는 지금의 금나라 황제가 즉위한 뒤로, 억류된 북송 황족에 대한 탄압은 점차 심해지고 있었고, 이러한 상황에서 목숨이라도 건지려면 시키는 대로 하는 수밖에 없었다. 그런 것에는 설사 태자의 딸이라고 하여도 예외가 없었다.

"그렇다면 좀 생각을 해 봅시다. 정 갈 곳이 없다면 고려로 가, 일단 일신의 안전과 숙식은 보장할 수 있소."

정민은 일단 대충 그렇게 정리하고 넘어가고서는, 다르발지를 가까이 불러 앉혀서 귓속말로 말을 건넸다.

"앞으로 아무 곳에서나 자신이 황족이라고 밝히지는 절대로 말라고 하시오. 금나라에 남거나 고려로 가거나 어디서나 말이오. 괜한 말이 들불처럼 번져서 곤란을 불러오는 법이오."

"알겠어요."

정민의 말에 다르발지가 고개를 끄덕였다. 그러고서는 이번에는 그녀가 정민의 귀에다가 입술을 가져가서 살짝 숨을 흘렸다.

"오늘은 함께 계실 수 있겠지요?"

정민은 오랜만에 느껴 보는 기묘한 긴장감에 잠시 몸
이 떨리는 기분이었다.

어쩐지 하루가 참 빨리도 지나간다고 생각하면서, 정
민은 웃음으로 대답을 대신했다.

제25장
지나가는 가을의 끝자락에

고려에서 아들이 어떤 수난을 겪었는지 알 길 없는 정서는 개경에서 나름대로 정치적 세력을 다지기 위한 행보를 하고 있었다.

누가 지금 자신을 노리는 정적들에 속해 있는지 알 길 없는 정서로서는 매양 조심을 하는 수밖에 없었다.

김돈중에게도 도움과 요청을 구하지 않고 따로 준비를 해 나가는 것은 그런 이유 때문이었다.

물론 정서는 설마하니 김돈중이 최근의 사태에 연루되어 있을 것이라고는 생각지 않았다. 아직까지 동래 정 씨와 동경 김 씨는 공생 관계였다.

"최근 정자가가 보이지 않습니다."

그러던 와중에 저잣거리의 소문거리라도 물어 오라 시켰던 노비 함복이 이상한 이야기를 전해 왔다.

"왜, 와병이라도 했다더냐?"

"아닙니다. 말 그대로 사라졌습니다. 그리고 그가 사라지기 나흘 전 쯤, 수상한 자들이 그의 집에 관짝 같은 것으로 보이는 섯을 들고 들어갔다고 합니다."

함복의 말에 정서는 간담이 서늘해지는 기분이었다.

그저 기우라고 생각하고 싶었지만 어쩌면 정자가가 정명하의 죽음을 밝혀냈을지도 모른다는 생각이 들었기 때문이었다.

혹시나 싶어 그때 정명해에게 서찰을 보내 혹여 그를 따라가 정명하를 추격했던 종복(從僕)들 가운데 행적이 불분명하거나 거동이 수상한 자가 있는지 살펴보라고 했다.

물론 정명하의 시신이 있다고 하더라도 일부러 살해하거나 했다는 확실한 증좌가 없다면 얼마든지 정적의 공세를 막아 낼 자신은 있었다.

그러나 만약 임금까지 작정하고 다시 자신을 찍어 내려 하고 있다면 가문의 분란조차 막지 못하고 오히려 그

것을 방조했다는 죄목으로 경질되고 유배 가거나 하게
될 가능성이 있었다. 그런 것만큼은 막아야만 했다.

'그리 못나게 굴더니 기어이 자기 영달을 위해 가문
자체를 박살 내려 하는구나.'

정자가의 아집이 가득한 얼굴을 떠올리고서 정서는 고
개를 저었다.

무슨 억하심정이 그리 많기에 저리도 광적으로 구는지
도무지 짐작조차 할 수 없었다.

정서는 생각 끝에 정자가의 동생 정자야를 자기 집으
로 불러들였다. 정자야는 처음에는 초대를 고사하더니,
이내 무언가 결심한 듯 나흘 뒤쯤에 정서를 불쑥 찾아왔
다.

"오랜만이오, 격조했소이다, 형님."

정서는 찾아온 정자야를 약간 딱딱하게 굳은 얼굴로
맞았다.

정자야는 그 정도야 짐작을 했다는 듯이 정서와 마주
앉은 다음에 한참을 입을 열지 않고 복잡한 표정으로 있
었다.

그는 시간이 좀 지난 뒤에야 마른입을 뗐다.

"내 자가 형님이 하는 일을 막을 수 없었다."

"……무슨 내용인지 말씀은 해 주셔야 하지 않겠소, 형님."

"나도 정확히 무슨 일을 뒤에서 하고 다니는지는 모르겠다. 네가 조정에 복귀한 뒤에 그만 욕심을 비우고 낙향에서 농사나 짓자고 권했다가 불벼락을 맞은 뒤로, 나도 형님을 한 번도 뵙지 않았다."

정자야의 말은 진실인 듯 보였다.

"다 떠나서, 도대체 자가 형님은 무슨 내게 억하심정이 있어서 그러는 것이오?"

"나도 알 수가 없다. 나도 대령후 사건 이후에 너와 덩달아 관직을 사퇴하고 물러가면서 네 탓을 하지 않은 것은 아니다. 그러나 시일이 지나고 보면 그런 것은 큰일도 아니었고, 너라도 잘되면 가문이 승기(勝氣)를 타는 것이니 그러려니 할 수 있었다. 그러나 자가 형님은 그렇지 않은 모양이긴 했다. 매일같이 나를 불러다가 너를 쳐낼 꾀를 풀어내라고 쪼아 대기에 내 실없는 소리 그만하고 좀 나이에 맞게 처신하라고 했더니, 길길이 날뛰면서 어떻게 자기에게 이런 모욕을 줄 수 있느냐고 하더군. 그래서 그만 발길을 끊었다."

"최근에 자가 형님이 보이지 않는 것은 알고 계십니까?"

"내 그 때문에 네게 긴히 알려 줄 것이 있어 고민 끝에 결심하고 이리 찾아온 것이다."

정자야는 정말로 뭔가 중요한 말을 할 모양이었다.

그가 마른 침을 삼키며 울대가 울리는 소리가 정서에게까지 들렸다. 방에 잠시 침묵이 이어진 다음 정서가 먼저 정자야를 재촉했다.

"무슨 이야긴지 그냥 말씀해 보시오."

"너, 명하를 어찌하였느냐?"

"……사고였소."

"그렇다고 치자. 그러니 산목숨은 아니라는 것이지?"

정자야의 말에 정서는 고개를 끄덕여 사실을 확인해 주었다.

정자야는 이마를 짚으며 한숨을 푹 내쉰 다음에 굳은 얼굴로 입을 열었다.

"자가 형님이 늘 자신에게 이런저런 내용을 알려 주던 명하의 소식이 끊기자 의심을 품기 시작했었다. 그러고는 사람을 여기저기 풀어서 명하의 행방을 수소문하더니, 종래에는 무슨 가닥을 잡았던 모양이다. 나도 그 시점에는 발길을 끊어 정확히 어떻게 일이 돌아가는지는 알 수 없었으나, 그 집 노비가 한 번은 자가 형님의 서찰을 전하러 왔기에 펼쳐 보았더니, 돈을 가용 가능한대로 다 빌려 달라는 내용이었다. 자기가 월경하여 금나라에 잠시 다녀올 일이 생겼다고 말이다."

"예?"

정서는 뜬금없는 정자야의 말에 깜짝 놀랐다.

"나도 잘 모르겠다. 내 이쯤 되니 긱징도 되고 해서 도대체 무슨 일을 하고 다니나 싶어 그 집 가솔들에게도 묻고, 사람도 형님의 뒤에 몰래 붙여서 따라가게 해 보았더니, 자꾸 이상한 자들을 만나더구나. 그중에 아는 얼굴도 있었다."

"그게 누굽니까?"

정서는 어떻게든 그 이름을 들어야 했다. 정자가와 접선을 하고 있었다면 자신의 숨겨진 적일 가능성이 높았다.

"김순부이다."

"그자는 지금 제 아들과 함께 사절단으로 금에 가 있소."

"출발하기 전이니 확실할 것이다. 내가 형님의 뒤를 미행하게 붙여 놓은 자가 김순부의 뒤를 쫓아 집으로 들

어가는 것까지 확인하고 나왔으니 확실할 것이다. 그리
고, 그 김순부은⋯⋯."

"혹시 최포칭과 연결되어 있소이까?"

"대충 짐작은 하고 있었던 모양이구나. 내가 확인한
바로는 그렇다."

"도대체 이자들이 무슨 일을 꾸미고 있는지 알 수 있
습니까?"

"그것까지는 나로서도 알 수 없다. 그런 일들이 있은
후에, 자가 형님이 가족들에게도 알리지 않고 몇 달간 외
유를 다녀오겠다는 서간만 덜렁 남겨 놓은 채 사라졌다.
그게 내가 아는 전부이다."

정자야의 말을 들은 정서는 머리가 살짝 지끈거려 왔
다.

만약 김순부과 무슨 농간을 부려 금나라로 정자가가
갔는지는 알 수 없지만, 이 자들의 음모가 생각보다 깊고
보통이 아니었다. 도대체 무슨 연유로 이렇게까지 지독
하게 구나 싶다가도, 자신도 언제고 적이 될 수 있는 자
들이 나타난다면 무슨 수를 써서라도 성장을 막을 것이
라는 데에 생각이 미치자 입이 썼다.

"말씀해 주셔서 고맙습니다."

"아니다. 이제 같은 핏줄끼리 반목하는 일은 그만둬야 하지 않겠느냐. 그저 형님이 그리 못나게 굴고 다녔으나, 혹여 몸 성히 돌아오거든 용서해 주길 바랄 뿐이다. 더 이상 집안 내에서 피를 보지는 말아야 하지 않겠는가. 이리 부탁하마."

"생각해 보겠습니다."

"그래⋯⋯. 나는 금명 간에 그만 가신을 정리해서 장원이 있는 곳으로 내려가 그만 낙향 생활을 할 작정이다. 이제 개경 생활은 도무지 신물이 나서 견딜 수가 없구나."

정자야는 그렇게 말을 하고서 자리를 일어났다.

정서는 그를 배웅하러 나가지는 않았다. 금나라에서 도대체 무슨 일이 일어나고 있는지는 알 길이 없었으나 지금으로서는 그저 정민이 무탈하게 돌아오기를 기원하는 수밖에 없었다. 대신에 정서는 개경에서 할 수 있는 일을 할 작정이었다.

'최포칭 이놈⋯⋯. 끝내 나를 이리 몰아세우겠다는 것이냐.'

정서는 이를 바득 갈았다. 이제부터 진짜 전쟁의 시작이었다.

어느 한쪽이 제거될 때까지는 끝나지 않을 싸움이었다.

❖   ❖   ❖

에이랴쿠(永曆) — 헤이지(平治)로 연호를 바꾼 지 채한 해 만에 다시 니조(二條) 천황은 다시 원호를 고쳤다. 1160년 6월 1일의 일이었다.

이때에 원호를 고친 것은 쿄토의 분위기가 갈수록 험악해지므로 조정의 일신을 기원해서였다. 그러나 그러한 바람은 뜻대로 이루어지지 못했다. 연호를 고친 지 보름여 뒤, 세상이 후대에 에이랴쿠의 난(亂)으로 기억하게될 동란이 터지고야 말았다.

이때에 조정의 실권은 신제(信西)라 불리는 학승(學僧)이 쥐고 있었다.

그는 강력한 개혁정책을 밀어 붙여 어느 정도 실효를 거두었으나 이런저런 이들의 반감을 자연스레 불러오게되었다. 타이라노 키요모리(平淸盛)는 이 신제와 아주밀접한 관계를 맺고 있었는데, 서로가 서로를 지원해 주는 공생 관계였다. 일전의 호겐(保元)의 난(1156년) 이후로 형성된 이 정치동맹은 점차 세력을 확장해 나가기 시작하였다.

채 이십 년 전만 하더라도 무가(武家) 출신이 높은 관직에 오르는 것은 상상조차 하기 어려웠었는데, 이제 타이라노 키요모리가 하리마(播磨)의 카미(守, 지방의 태수)에 오른 것에 이어, 일문의 요리모리(賴盛)는 아키(安藝)의 카미가 되는 등 일족이 총 4개의 쿠니(國, 일본의 율령제 지방단위)를 거느릴 정도가 되었다.

이 과정에서 타이라노 키요모리는 고려로 은 및 유황 등을 팔아서 수입을 얻고, 또 이것으로 도자기 등을 사들여서 일본 내에서 고가에 팔아서 다시 차익을 얻었다.

이렇게 얻은 이익은 다시 정치적 자금으로 들어가고, 일부는 가병(家兵)을 양성하는 데에 투자되었다.

모든 것이 그가 하카타 항을 손에 쥐고 있기에 가능한 이야기였다. 어느 시점에 이르러서는 지난 시기의 여러 황란(荒亂)의 연속으로 질서가 무너지고 있던 쿄토와 인근 지역에 대해서 치안 유지를 위해서 헤이지(平氏, 타이라씨)의 병력은 반드시 필요한 지경에 이르렀다.

종래에는 쿄토를 둘러싼 가장 핵심부인 야마토(大和)의 카미에 타이라노 키요모리가 임명되었고, 쿄토의 쿠게(公家)들을 비롯한 구세력들은 점증하는 타이라노 키요모리의 성장에 위협을 느끼기 시작했다.

특히 비후쿠몬인(美福門院)을 중심으로 하는 양위요구파의 입김이 거셌다.

비후쿠몬인의 본명은 후지와라노 나리코(藤原得子)로, 전전대 천황으로 양위 뒤에도 오랜 기간 상황통치(上皇統治)를 해온 토바천황(鳥羽天皇)의 후비였다. 이 시기 고시라카와(後白河) 천황은 제위에 있으면서 실권을 쥐고 있었는데, 비후쿠몬인은 고시라카와 천황으로 하여금 그 장자인 동궁(東宮) 모리히토(守仁)에게 양위를 종용하고 있었다.

비후쿠몬인은 토바천황의 총애를 받던 시절로부터 엄청난 넓이의 장원(莊園)을 물려받아 가지고 있었고, 그 규모는 거의 일본에서 제일가는 정도였다. 이러한 실질적인 실력이 뒷받침 되는 이가 나서서 압박을 넣고 있다 보니 양위를 거부하는 것은 사실상 불가능했다.

조정의 실권을 잡고 있던 신제도 이것을 더 이상 막을 수 없게 되어, 결국 1158년 8월에 이르러 양위가 이루어지고, 새 천황이 즉위하니 바로 니죠(二條) 천황이었다.

그러나 이것은 새로운 대립을 불러오게 되었다. 바로 상황으로 물러난 고시라카와 천황과 새롭게 등극한 니죠 천황 가운데 누가 실권을 가지고 친정(親政)을 할 것이냐의 문제를 둘러싸고 조정이 분열된 것이다.

이미 니죠천황파에는 오랜 뼈대가 있는 후지와라(藤原)가문을 필두로 조정의 구세력이 결집해 있었기에, 고시라카와 천황이 사실상 기댈 수 있는 것은 신제와 타이라노 키요모리등의 조정의 신세력뿐이었다. 이러한 상황에서 점차 긴장은 깊어져 가고 있었다.

이러한 와중에서도 타이라노 키요모리는 대 고려 무역을 줄이기는커녕 점점 규모를 늘렸는데, 오히려 상황이 이렇게 긴박해지면서 더 많은 금전과 물자가 필요했기 때문이다.

그간 하카타를 통한 무역은 김유회가 계속 맡아서 하고 있었는데, 그 해 가을이 될 무렵, 타이라노 키요모리로부터 직접 쿄토(京都)까지 찾아와 달라는 이야기를 듣고 예기치 않게 먼 길을 가게 되었다. 타이라노 키요모리에게서 부탁 받은 것은 고려의 각궁(角弓) 등 무기 수천 개와 여진마(女眞馬) 삼백 필이었다.

여진말의 훌륭함은 이미 일본에도 소문이 나기 시작하

고 있었고, 타이라노 키요모리는 곧 동란이 벌어질 가능
성을 점치고 최대한의 준비를 위해 이런 물자를 부탁한
것이었다.

김유회는 타이라노 키요모리가 큰 거래 상대이자, 사
실상 그의 손에 일본과의 무역이 달려 있었으므로 그의
요청을 무시하거나 할 수 없었다.

동래 앞바다의 섬들에 조영한 목장에서 기르던 여진말
을 최대한 다 긁어모아서 배에 싣고 김유회는 우선 하카
타로 향했다. 하카타에서 사흘을 머무르며 다른 거래를
마친 뒤에, 이미 그곳에 와 있던 타이라노 키요모리의 가
신이 타고 온 배의 길안내를 받아, 무역선을 이끌고 쿄토
와 가까운 요도가와(淀川) 하구의 나니와(難波)에 이르
러 배를 무사히 대었다.

"오랜만이네."

"그간 강녕하셨습니까?"

일본과의 무역에 종사한 지 몇 년이 지나가면서 김유
회의 왜어 실력은 부쩍 늘어나 있었다.

그는 타이라노 키요모리와의 대화도 통역 없이 할 수
있을 정도가 되어 있었다. 타이라노 키요모리는 오랜만
에 본 김유회의 일본말이 썩 늘어난 것을 보고서는 만족

스러운 웃음을 지었다.

"말이 능숙하게 되었군."

"모두 도노(殿, 님)께서 살펴 주신 덕분입니다."

"거, 사람이 참 말 한번 간지럽게 하는군."

타이라노 키요모리는 귀가 간지럽다는 듯 긁는 시늉을 하며 껄껄 웃었다.

여전히 대장부로서의 풍모가 있는 사람이었다.

커다란 풍채에 성글한 수염이 턱을 뒤덮고 있었고, 쩌 렁쩌렁 울리는 낮은 목소리로 말을 할 때면, 사람들은 으 레 그 위압감에 기가 죽을 정도. 어지간히 장사를 하며 배짱이 늘어난 김유회였지만, 타이라노 키요모리의 위세 앞에서는 살짝 주눅이 드는 것도 사실이었다.

"부탁하신 활과 말은 모두 준비하여 쿄토로 들여왔습 니다."

"고맙다. 덕분에 큰 도움이 되었다. 값은 당장 여기서 치르도록 하지."

"감사하옵니다."

"그대의 주인께도 내가 고마워한다는 말을 꼭 전하도 록 하게. 얼마 전에 벼슬길에 나아가게 되었다고 했는 가?"

"예. 지금쯤이면 아마 금나라로 가는 사절단에 참여하여 국경을 지나가셨을 것입니다."

"금나라라……. 바다 밖에 참으로 많고 많은 나라들이 있으나 나는 고작 이 조그만 일본 땅에서조차 결착을 보지 못하고 아등바등하고 있으니. 그대의 주인이 부럽기도 하네."

타이라노 키요모리는 반쯤은 농으로 그렇게 말했다. 김유회는 멋쩍게 웃으면서 대답을 피했다.

고려라고 태평성대이겠는가. 정서와 정민이 정적들에 맞서 가며 지금까지 어떻게 개경에서 지금의 자리를 잡게 되었는지 대충이나마 알고 있는 김유회는 그것이 쉬운 과정이라고는 절대로 말을 할 수 없었다.

그곳이나 여기나 정쟁은 일상이었고, 대립을 해소하기 위해서는 누군가의 몰락이 필요했다. 한때 대령후의 몰락을 기회 삼아 정함과 김존중의 무리가 득세를 했고, 다시 이번에는 익양후를 제물로 삼아 정서와 김돈중이 정함을 몰아내 조정에서 권세를 누리게 되었던 것이다.

"부탁한 것을 이리 잘 처리해 주어서 고맙네. 내가 내일에는 쿠마노신사(熊野神社)에 참배를 갈 생각인데 함께 다녀오는 것이 어떠한가? 기왕에 긴키(近畿, 도읍에 가까운 지역)까지 왔으니 한 번 둘러보고 가시는 것도 좋을 것이네."

타이라노 키요모리는 진심으로 제때에 맞추어 궁마(弓馬)를 날라 준 것이 고마웠는지, 후하게 대금을 결제했을뿐더러, 김유회와 그가 대동한 고려 상인들에게도 많은 친절을 베풀었다.

그리고 이튿날 자신이 거느린 무사들과 김유회 등을 대동하여 키이(紀伊)에 있는 쿠마노의 세 신사에 참배 여행을 떠났다. 그러나 그때까지만 해도 타이라노 키요모리는 자기가 쿄토를 비우는 것이 어떠한 사태를 촉발할지 짐작조차 하지 못하고 있었으리라.

당초에 고시라카와 상황은 신제를 자신의 편으로 삼아 의지하려고 하였으나, 신제는 고시라카와 상황의 뜻대로 움직이지 않았다. 때문에 고시라카와 상황은 점진적으로 조정의 중립파들을 끌어들여 자신의 편으로 만들 수밖에 없었다. 작금에 이르러서는 니죠 천황파와 고시라카와 상황파가 격하게 대립하면서도 신제 일파를 정치에서 배제하는 데에 있어서 사실상 똑같이 동의하는 지경이 되었다.

조정의 태반이 신제를 타도하는 것을 원념(怨念)하는

지경에 일자, 타이라노 키요모리는 슬슬 신제와 거리를 두면서 사태를 관망하는 자세를 취하기 시작했다. 그러한 와중에 균형추를 잡고 있는 것이나 다름없던 타이라노 키요모리가 도읍을 비우자 갑작스러운 사태가 촉발된 것이었다.

같은 무사 가문으로 헤이지에 늘 밀려 있던 겐지(源氏), 즉 미나모토(源) 가문의 요시토모(義朝)는 고시라카와 상황의 측근으로 등용되어 신제를 견제하는 데 선봉에 섰던 후지와라노 노부요리(藤原信頼)와 결탁하여 동란을 일으킨 것이었다.

타이라노 키요모리가 자기 가병들을 이끌고 참배를 가는 바람에 생긴 수도의 병력 공백 상태를 틈타서 미나모토노 요시토모가 가진 기병 500을 이끌고 후지와라노 노부요리가 상황과 천황의 거소를 습격하여 그 신병을 확보한 뒤에, 신제의 가택을 공격하여 그를 자결하게 만들고 정권을 손에 넣은 것이었다. 쿄토 백 리 밖에서 이 사태에 대한 전갈을 들은 타이라노 키요모리는 격노했다.

"어떻게 내가 잠시 도읍을 비운 사이에 이런 일이 벌어질 수 있단 말인가!"

그는 참배행을 그 자리에서 중단하고 바로 기수를 돌

려 쿄토를 향해 진군하기 시작했다.

김유회가 공급한 여진마 500기를 필두로 하여 거의 일천에 달하는 군세가 타이라노 키요모리를 중심으로 결집하여 쿄토 10리 밖에 진을 펴고 도읍 내의 사태를 살폈다.

그러는 사이 도읍을 장악한 후지와라노 노부요리는 반정을 도운 자들을 관직에 두루 임명했다. 사실 신제를 몰아내는 데는 상황파나 천황파나 할 것 없이 동의하고 있었기에 그들의 방조하에 반정이 성공할 수 있었으나, 사후의 권력이 어떻게 배분되느냐에 있어서는 모두가 의견이 달랐다.

귀족들은 며칠이 되지 않아서 후지와라노 노부요리의 전횡에 반감을 가지고 있었고, 니죠 천황의 친정파(親政派)도 이들을 몰아내고 자신들이 실권을 잡을 기회를 노리기 시작했다.

후지와라노 노부요리의 임시 정권 자체가 미나모토노 요시토모의 무력에 의존하고 있었기에, 그것을 몰아낼 수 있는 타이라노 키요모리를 견제하는 것은 사활이 걸린 매우 중요한 일이었다.

타이라노 키요모리가 참배를 중단하고 소식을 듣고서

쿄토 10리 밖에 진을 치고 있다는 소식이 들려오자 도읍은 일순 동요하기 시작했다.

그러나 후지와라노 노부요리는 이때에 타이라노 키요모리의 딸을 며느리로 맞아들였으므로, 미나모토 가문이 자신을 도와 반정을 일으켰음에도 타이라노 키요모리가 자기편을 들어줄 것이라 오판을 내리고 타이라노 키요모리의 쿄토 귀환을 허락했다.

"놈들이 스스로 도읍을 열어 주는구나. 스스로 황천길을 열어 주니 보내 주지 않겠는가?"

타이라노 키요모리는 작심을 하고서 입경(入京)하여 후지와라노 노부요리의 바람과는 다르게 병력의 무장을 해지시키지 않고 쿄토의 한구석을 사실상 점거한 채로 시위 상태에 들어갔다.

이 와중에 미나모토 가문은 반정의 성공 이후로 혹여 모를 사태에 대비해 소수의 병력만을 동원하고 있었을 뿐, 갑작스러운 타이라노 키요모리의 병력에 급박히 대처할 만한 능력을 확보하지 못했다.

이 와중에 쿄토 내에서 후지와라노 노부요리의 전횡에 불만을 품은 대신들이 타이라노 키요모리와 니죠 천황 간의 협력을 주선했고, 이러한 밀통(密通)이 급히 타결되었다. 니죠 천황은 유폐된 궁을 탈출하여 어보(御寶)를 지닌 채로 타이라노 키요모리의 사저로 탈출해 나왔다.

니죠 천황의 신병을 확보한 타이라노 키요모리는 후지와라노 노부요리에게 모든 권한을 내려놓고 천황에게 전권을 양도 할 것과, 미나모토 가문에게 모든 군병을 해산할 것을 요구하는 최후통첩 했다.

'큰일 났구나. 이 와중에 이런 동란에 휘말리다니⋯⋯. 내 목숨의 안위를 위해서라도 타이라노 키요모리가 이기기를 바라는 수밖에 없구나.'

김유회는 하필 이 시점에서 남의 나라의 내란에 휘말리게 된 것이 두렵고도 마뜩찮았다. 그는 타이라노 키요모리가 사저에 마련해 준 곳에서 대동하였던 고려 상인들과 함께 머물며 빨리 전란의 분위기가 해소되어 고려로 무사히 돌아갈 수 있게 되기만을 부처에게 빌고 있었다.

그리고 음 9월 26일 저녁, 결국 두 세력은 쿄토 시내 한복판에서 교전을 시작했다. 이른바 에이랴쿠(永曆)의 난의 승패를 가를 전투가 시작된 것이다.

❖ ❖ ❖

정민이 잠에서 깨 눈을 뜨니 아직 동이 트지 않았다. 이부자리에 식은땀이 묻어 나온 것이 흥건한 것을 보고 그는 깊게 한숨을 쉬었다. 옆에서 나체의 뒤태를 보이고서 잠이 들어 있는 다르발지의 어깨를 그는 부드럽게 한번 쓰다듬었다.

'정말 오랜만에 그런 꿈을……'

꿈이 악몽인지 현실이 악몽인지 알 수 없었다. 실상 대단한 꿈도 아니었다. 그저 고려 땅에 떨어지기 전의 수많은 현대에서의 기억들이 한데 뭉쳐 나타난 꿈일 뿐이었다.

첫사랑, 고등학교 입학식, 할아버지의 장례식, 첫 선거, 유행가와 영화들, 제주도, 대학 1학년……. 오랫동안 잊고 살았다고 생각했었는데 그렇지 않았던 모양이다.

모든 생각을 끊어 냈다고 생각했는데도 그렇지 않은 모양이었다. 잠에서 깨 벌떡 일어나서 정신을 차리니, 불빛 하나 없이 어두운 요양의 이른 겨울밤이 깊어 있었다. 절망감에 휩싸일 뻔한 찰나, 옆에 누워 있는 다르발지를 보고 나서야 정민은 안심했다.

"으음……."

정민이 그녀를 뒤에서 안으며 젖무덤을 손에 쥐자, 다르발지가 옅은 신음을 흘렸다.

정민은 그렇게 그녀의 체온을 느끼면서 잠시 생각에 잠겼다. 아마 그녀와 오랜 만에 재회한 덕에 그 밤에 긴장이 풀린 모양이었다.

그래서 한동안 꿈속에서조차 떠올리지 않으려 했던 현대의 추억들이 꿈으로 꾸역꾸역 기어 나온 모양이다. 별로 좋아하지 않았던 것들조차도 이제는 사소한 것 하나가 생각하면 그리워진다. 심지어 담배 연기의 냄새까지도.

'내일이면 다시 또 혼자가 되어 미친 황제의 주둥아리로 몸을 들이밀어야 하는데……'

다르발지의 어깨쯤에 얼굴을 파묻으며 정민은 그렇게 생각했다.

그러고 보니 고려에서의 삶을 살아가기 시작한 이후 좀체 편안하게 몸을 쉴 틈이 없었던 것 같았다. 아무런 생각도 하지 않고, 아무런 걱정도 하지 않아도 되는 그런 날들 말이다.

그러나 여기에서 그만 멈출 수는 없었다. 처음에는 스스로 살기 위해 하루하루를 살아갔지만, 이제는 어느 순간 돌아보니 지켜야 할 것들이 하나씩 생겨나 있었다.

"상공, 왜 일어나 계세요. 아직 날도 밝지 않았는 데……."

정민의 손길에 잠에서 깬 모양인지 다르발지가 그에게 아직 졸리는 목소리로 말을 했다. 정민은 대답 없이 그녀의 어깨를 꼭 끌어안았다.

"내일이면 다시 한동안 떨어져 있어야겠네요."

"얼마 가지 않아 다시 보게 될 것이오."

"그래도……."

"여기 요양에서 잘 지내고 있으면 금방 돌아오겠소."

"지금의 황제는 미친 자예요. 걱정이 되어 상공께서 다녀오실 때까지는 잠을 편히 이루지 못할 거예요."

"괜찮을 것이오. 부디 믿고 기다려 주시오. 이번에도 큰 일 없이 무사하지 않았소."

정민은 그러나 그렇게 말하면서도 사실 스스로도 확신이 없었다.

처음 금나라로 사행 길을 떠나올 때는 느끼지 못했던 불안감이 이제 마음 한구석 스멀스멀 피어올라 자리를 잡은 것이다.

실제로 다쳐서 한동안 요양을 하며 거동을 할 수 없게

된 김정명만 보아도 그랬다. 요행이 목숨은 건졌지만 그는 꼼짝없이 요양에서 치료를 받으며 침상 신세를 져야만 했다.

만약 운이 좀 만 나빴더라면 김정명은 지금쯤 세상 사람이 아닐 수도 있었다.

"가지 않으실 수는 없나요?"

다르발지의 말에 정민은 고개를 저었다. 그런 생각을 해 보지 않은 것은 아니었다.

그러나 최유청과 정민은 완안옹과의 상의 끝에 중도로 가야만 한다고 결정했다. 어제 밤중에 있었던 일은 지금 아직 요양 밖으로 알려지지 않았다. 요양의 민심이 이미 완안옹에게 기울어 있다고는 하지만, 이러한 사건이 벌어진 것 자체가 영영 중도에 알려지지 않을 방법은 없었다.

당분간은 이미 목숨을 저당 잡혀 있는 고존복을 전면에 내세우겠으나, 이것도 언제까지 실상이 숨겨질 것이라고 볼 수는 없었다. 정민은 어제 다시 완안옹과 마주앉은 자리에서 그와 나누었던 대화를 떠올렸다.

"이미 황제가 남정(南征)의 준비를 거의 마친 듯싶으

니, 어떻게든 관심을 돌리게 하여 내년이 밝아올 때까지만 요양에서 일어난 일을 알지 못하게 하면 되오. 이제 곧 시월이고, 석 달만 버티면 될 것이오. 황제는 봄이 오는 대로 송나라를 치기 위해 거병을 한다고 이미 여기저기에 공표를 해 놓았으니, 그때까지는 그 화살이 이쪽으로 절대 돌아오게 해서는 안 될 일이오. 그러니 부탁하겠소. 요양에서는 그저 도적떼를 만나서 사절단의 일부가 희생을 입고, 고존복의 호의를 받아 나머지 인원들이 채비를 갖추어 중도까지 올 수 있게 되었다고 하시오."

"황제가 반기지 않을 것입니다. 그는 우리가 모두 요양에서 죽기를 원하지 않았습니까?"

"어찌 되었든 사절단 몇이 죽었다고 하면 황제는 그것대로 만족을 할 것이오. 고려에서 요구한 바와는 다르지만 나에게 징계를 주기에는 충분한 내용 아니겠소? 동경유수로서 비적을 방비하지도 못하고, 귀한 손님인 이웃 나라의 사절단이 해를 입게 내버려 두었으니 말이오."

"그래도 석 달간 이 모든 일이 숨겨질 수 있겠습니까?"

"그래도 그렇게 해야만 하오. 우리는 우리대로 요양성에 이미 출입 통제령을 내렸소. 우리의 검속을 받고 허락을 받은 믿을 만한 자들만이 요양성을 앞으로 출입할 수 있게 될 것이오. 그날 이후로 모든 성을 드나드는 자가 수색을 받고 그 인적이 기록되고 있으며, 그 숫자도 엄격하게 제한되고 있으니 괜찮을 것이오. 일단은 성 밖으로 나가도 하루 만에 돌아오지 않으면 추격을 보내기로 결정을 해 놓았소. 물론 이런 방법은 임시방편일 뿐이오. 모든 세상사에는 완벽한 비밀이 없지 않겠소? 그러나 석 달이오. 여기서 중도까지 넉넉잡으면 보름 길, 빨리 가면 고작 열흘이오. 그러나 다행히 황제는 그대들이 도착하면 이끌고서 중도를 떠나 겨울을 날 겸, 그 핑계로 남정을 감독하기 위해 남경(南京) 개봉부(開封府)로 갈 것이오. 올해는 신년의 하정단사(賀正旦使)를 그곳에서 맞을 것이라 하였소."

"저희가 하정단사의 역할까지 떠맡았으니 개봉까지 다녀오게 되겠군요."

"부디 부탁하겠소. 남의 집안 사정에 본의 아니게 이리 깊숙이 끌어들이게 되어 미안하게 되었소. 그러나 그렇게 해 주어야 우리 모두가 함께 산다는 점만 기억해 주시오. 만약 폭풍이 다 지나가고 난 다음에 제관(帝冠)을 되찾게 되면 마땅한 보상이 내려질 것이오."

그렇게 말하는 완안옹의 단단한 얼굴에는 자신감과 확신이 드러나 있었다. 정민은 어지간해서 남의 표정이나 말하는 투로 설득이 되는 사람은 아니었다. 그런데 완안옹의 장담은 어쩐지 신뢰가 갔다.

듣기에 아내를 황제에게 빼앗기고 한 번 수렁에 빠졌다가 이제 독한 마음으로 재기를 한 사람이었다. 그런 배경이 그에게 더욱 믿음을 주게 만들었다. 지금 상황에서 정민의 입장에서는 완안옹은 전략적으로 금나라 사행 길에서 살아남기 위해서라도 필수적인 인물이었다.

"예빈경과 상의하여 그리할 수 있도록 하겠습니다. 예빈경도 그 일에는 동의하실 겁니다."

정민은 그날, 일단 결정권을 최유청에게로 미룬 다음 완안옹과의 만남을 끝냈다.

그날 벌어진 암습 이후로 최유청은 사람이 어딘지 넋이 빠진 느낌이었다. 그는 사실상 사절단의 임무가 끝났다고 생각을 하는 듯 보였다.

정민은 어떻게든 책임자인 그가 중도로 가서도 마지막까지 자신들에게 유리한 환경을 다지는 것을 돕기를 원했다. 어차피 혈연으로 엮여 있는 사이가 아닌가. 고려의 더러운 정치판에서 정민은 최유청과 이미 사실상 운명

공동체나 다름없었다. 최유청은 정치에 신물이 나서 손을 떼고 싶어 하는 것처럼 보였지만, 한명의 우군이라도 절실한 지금에는 최유청이 힘이 되어 주어야만 했다.

생각을 차분히 정리하는 사이 날이 밝아 오기 시작했다. 정민은 따뜻한 다르발지의 몸을 더 안고 있고 싶었지만, 억지로 몸을 일으켜서 주섬주섬 옷을 챙겨 입었다.

"따뜻한 세숫물을 준비해 올까요?"

정민의 뒤를 따라 이부자리에서 상체를 일으킨 다르발지는, 이불로 가슴팍을 가리고서 물었다. 정민은 좀 더 쉬라며 고개를 저었다.

"아니, 나가는 길에 대충 우물물에 씻고 가겠소. 중천 전에는 출발을 할 것 같으니, 이제 슬슬 준비가 잘 되어 가는지 둘러봐야 할 것 같소. 더 있고 싶지만……."

정민의 말에 다르발지의 얼굴에서 아쉬움이 잔뜩 묻어 났지만, 그녀는 그것을 말로 표현하지는 않았다.

기다리는 것은 참을 수 있었다. 길어 보아야 석 달 남짓이라지 않는가. 그러나 지금 가는 길에서 정민이 안전하게 돌아올 수 있을지가 다르발지는 걱정이 되어 견딜 수가 없었다.

❖　❖　❖

　이의민은 요즈음 들어 정서와 종종 개경의 모처에서
정기적으로 만나고 있었다. 일전의 익양후 사건 이래로
이의민은 임금의 총애를 매우 받게 되어, 왕성을 호위하
는 친위부대인 견룡군(牽龍軍)에 배속되었고 벼슬도 정
육품 낭장(郎將)으로 올리어졌다가 다시 몇 달 뒤에는
정오품 중랑장(中郎將)으로 올라갔다.

　물론 그 만큼 무관들 사이에서도 갑작스러운 이의민의
출세에 적개심을 품는 자들도 있었고, 반대로 이의민에
게 붙어서 더불어 영달을 누리려 해 보는 자들도 있었다.

　이의민은 본디 성품이 올곧은 자가 아니었으나 영악하
다고 하기는 힘든 인물이었다. 때문에 그는 일전에 목숨
의 구원을 얻은 연을 핑계 삼아서 자신의 입지를 더욱 굳
히는 일에 정 씨 집안의 꾀를 빌리고자 했다. 그들 사이
에도 일종의 암묵적 동맹관계가 형성되어 있는 셈이었다.

　견룡군은 응양군과 함께 임금을 직접 가까이에서 호종
하는 부대이고, 더불어 그 가운데에서도 유독 임금의 총
애를 받고 있는 이의민이니만큼 귀로 듣게 되는 이야기

가 많았다.

더욱이 장점이라면, 공식적으로 이의민이 정 씨 집안과 친분을 가지고 있다는 사실을 아는 자가 없다는 것이었다.

이의민을 추천해 올릴 때 동경의 김자양의 이름으로 이루어졌기에, 정민이 이 일에 개입되어 있다는 사실을 아는 자가 없었다. 더욱이 익양후 사건 이후로는 보이는 접촉은 더더욱 삼가고 있는 상황이었다.

"일러 주신대로 내관들을 유심히 살펴보았는데, 특별히 이상한 움직임을 보이고 있지는 않습니다."

이의민이 부리부리한 눈매를 씰룩이며 말했다.

"다른 수상한 일은 없었는가?"

"그러고 보니 요즈음 들어서 유난히 최포칭의 등청이 잦았습니다. 그전에는 그렇게 자주 보이지 않던 사람이었는데, 요즘은 궐내에서 누군가와 이야기를 나누고 있는 것이 종종 눈에 띕니다. 딱 한 번, 백선연과 최포칭이 함께 내전 뒤쪽에 숨듯이 서서 이야기를 나누는 것을 멀찍이서 본 적이 있습니다."

"진정인가?"

"여부가 있겠습니까."

이의민의 말에 정서는 눈매를 찌푸렸다.

생각보다 최포칭이 손을 뻗은 곳이 꽤나 많은 모양이었다. 물론 환관들과 연결되었을 가능성은 염두에 두고 있었지만, 이의민이 최포칭과 백선연이 함께 이야기를 나누는 것을 보았다니 심증이 좀 더 강해질 수밖에 없었다.

'김존중과 정함 다음에는 최포칭과 백선연인가.'

정서는 불쾌함에 손이 덜덜 떨릴 지경이었다.

그는 분노가 치밀어서 심정을 다스리는 것이 어려웠지만, 겉으로는 태연하게 이의민에게 다시 물었다.

"상(上)을 최포칭이 알현하거나 한 적은 없는가?"

"제가 알기로는 없습니다."

확신을 할 수는 없지만, 아직 임금과 최포칭 사이의 명백한 정치적 관계가 있는 것으로 보이지는 않았다.

그러나 임금은 만약 선택을 해야 할 순간이 온다면 주저 없이 태후와 여전히 가까운 동래 정 씨가 아니라, 자신의 권력을 지지하는 시늉을 할 수성 최 씨를 택할 것이다.

마지막까지도 김돈중이 정 씨 가문과의 동맹관계를 노골적으로 과시하지 않고 발을 뺄 수 있도록 하고 있는 것도, 임금의 의중에 따라서 정 씨의 개경에서의 기반이 완전히 사라지는 것도 불가능한 것은 아니기 때문이었다.

그래도 그간 이러한 임금의 변덕으로부터 대귀족들을 보호해 주었던 것은 그들 사이의 정치적 연대였다.

그러나 요즘 들어 그러한 암묵적 결탁은 무너지고 있었다. 그것이 제대로 작동했더라면 애초에 김존중이 정함과 같은 환관과 손을 잡지도 않았을 터였다. 이미 정치적 균형은 깨진 지 오래였다.

"수고하셨네. 여기 내가 이 공이 임금을 모시는 노고를 잊고, 한 번씩 좋은 술이라도 자시라 준비를 했네."

정서는 그렇게 은병 꾸러미를 이의민에게 건네주었다. 이의민의 눈이 잠시 탐욕으로 번들거리는 것을 정서는 보았다.

"은혜를 입은 것이 한두 가지가 아닌데, 어찌 또 이런 것을 준비하셨습니까?"

이의민의 말이 그다지 진심 같지는 않았기에, 정서는 그냥 받아 가라고 몇 번을 거듭 청했다.

"내가 고마워서 그러는 것이니 그냥 받아 두시게."

"그렇게까지 말씀하신다면야……. 이 돈으로 견룡군의 하급 무관들에게 술과 음식을 사고, 위로 여러 윗사람들에게 뇌물을 고일 수 있어 저로서는 긴요한 돈이긴 합니다."

처음에는 그저 이의민이 민망하여 이유를 붙인다고 생각했던 정서는, 곧 그의 말에서 무언가 느낌이 이상한 것을 발견하고 캐묻기 시작했다.

"견룡군 내부에서 자네에게 텃세가 심한가?"

"아닙니다. 오히려 폐하의 관심이 다시 견룡군에게 그나마 돌아왔다고 좋아들 합니다. 그런데 아무리 그래도 예전 같지가 않아서 하사품도 끊긴 지 오래고, 봉록도 예전만큼 지급되지를 않습니다. 폐하께서는 사실상 무신들에게는 관심을 거두셨습니다."

"자네가 그나마 예외라는 것이로군."

"그것도 예전 같지는 않습니다."

정서는 이의민의 말을 잘 새겨들었다.

지금 임금의 치세가 시작되었을 때, 임금은 조정 내에서 상대적으로 약한 자신의 입지를 보다 단단히 다지기 위해, 견룡군에게 많은 투자를 했다.

그는 일부러 한미한 집안 출신을 견룡군에 입대시켜 벼슬을 올려 주고, 늘 격구(擊毬)를 그들과 즐기면서 언제고 필요한 시기에 자신을 위해 무기를 들 수 있는 세력을 양성하려 했다.

그러나 임금의 관심은 이내 시들해졌다. 외척인 정안 임 씨의 세력을 사실상 퇴출시키는 데 성공하고, 교묘하게 조정의 귀족 가문들을 조정하는 데 점차 익숙해진 임금은, 이제는 한미한 무관들을 더 이상 돌아보지 않고 아첨이 입에 발린 환관들, 첩, 그리고 임금에게 잘 보이기 위해 귀족들이 자제를 보내어 임금 주위에 포진시킨 내시(內侍, 고려의 내시는 환관과 다름)들과 퇴폐하고 환락적인 유흥을 즐기느라 시간을 보내고 있었다.

임금은 통치가 안정되었다고 확신하고 있었고, 이제는 더 이상 도구로서 별다른 가치가 없어진 견룡군에는 관심을 주지 않고 있었다.

오히려 임금의 행차 때마다 지방으로 호종을 나서면서 풍찬노숙하고, 수레에 타서 임금과 시나 짓고 신선놀음을 하는 문관들, 심지어 환관들의 모욕까지 감수해야 하는 일이 점차 늘어가고 있었다.

이러한 상황에서 자신을 발탁하고 키워 준 뒤 내다 버리고 모욕을 겪게 한 임금에게 느끼는 견룡군 내부의 감정은 복잡할 수밖에 없었다.

그리고 이의민은 이러한 상황을 재빠르게 파악해서 자

신이 어떻게 행동해야 견룡군 내부에서 자리를 확고히 자리 잡을 수 있는지 간파한 것 같았다. 임금의 총애를 배경으로 삼되, 그것을 가지고 견룡군 내부에서 인심을 베풀어 자신에게 적대하지 않도록 한 것이었다.

'많은 생각을 통해 꾀를 부린 것인지, 아니면 본능적으로 그런 것인지 알 수 없으나, 결국에는 견룡군 내부에서 신임을 얻게는 되었구나.'

정서는 다시 이의민에 대한 평가를 좀 더 후하게 수정했다.

"언젠가 내가 돈을 또 내줄 테니, 내 이름을 빌어 상장군에게도 인사하시게."

견룡군의 상장군이라면 다름 아닌 정중부였다. 이의민은 무슨 영문인지 모르겠다면서도 고개를 끄덕였다.

"그분은 참으로 마주하면 대하기가 어려운 분입니다만, 세상에 칭찬과 선물을 싫어하는 사람은 없지요."

"자네가 세상을 좀 아는구먼."

정서가 눈을 살짝 옆으로 눕히며 웃었다.

그는 술을 이의민에게 술을 한 잔 부어 주며 금나라 어디에서 어떻게 있는지 모를 아들을 생각했다.

최포칭이 금나라에 정자가를 보냈다면, 무슨 수작거리

가 금나라로 간 사절단에 진행되고 있음이 틀림없을 것
이다. 그의 정치적 동맹이나 다름없는 최유청이 예빈경
으로, 아들이 사절의 일원으로 참여하고 있는 사절단이
었다.

불길한 기운을 느꼈음에도 정서는 지금 수천 리 밖에
서 해 줄 수 있는 일이 없다는 것에 안타까움과 분노를
절절히 느꼈다. 그는 그동안 세력을 단단히 다져서 언젠
가 이 앙갚음을 제대로 돌려줄 생각이었다. 그리고 정중
부는 그 시작이 될 것이었다.

제26장
겨울의 나라

음력으로 한 해는 봄과 함께 시작되고, 따라서 10월이면 벌써 북방은 한 겨울이었다. 요양에 머물다가 다시 금나라의 도읍 중도로 출발할 때가 되니 이미 날씨는 세찬 바람이 불어오고 있었다.

이 계절에 다시 먼 길을 나아가려 하니 마음도 몸도 추운 노릇이지만, 고생을 하더라도 지금은 중도로 가야만 했다.

"잘 다녀오셔야 해요, 상공."

다르발지는 정민이 중도로 떠나는 것이 못내 아쉽고 두려운 표정이었다. 정민은 그녀를 꼭 끌어안은 다음 어깨를 두드리며 안심을 시켰다.

"부디 무사히 돌아오겠소."

"반드시 그러셔야 해요."

정민은 아쉽지만 이제 다르발지를 등 뒤로 하고 중도로 가는 길을 떠나야만 했다.

그 요란스러운 와중에도 요양에 남는 100여 명을 제외하고는 여전히 380명이나 되는 인원이 중도로 향하게 되었다. 김순부가 지금 완안옹에게 억류되어 심문 받고 있으므로, 임시로 예빈소경의 지위는 정민이 맡았다.

김정명도 부상 때문에 결국 중도로 가는 것은 포기하고 요양에 남아서 사절단이 돌아올 때 다시 합류하기로 했다. 완안옹은 김정명과 다르발지 등을 잘 예우하여 잘 보살피고 있겠다고 다짐을 해 주었다.

사실 이 시점에서는 별로 중요하지 않게 되었는지도 모르지만 해동청 다섯 마리와 공녀 열 명도 아직 멀쩡했다. 정민은 해동청은 그렇다 쳐도 인신(人身)을 공물이든 거래든 일종의 상품으로 가져다 바치는 것이 찜찜했지만 자기 손에서 막을 수 있는 일은 아니므로 별도리가 없었다.

"그대는 요양에 남아도 괜찮을 텐데."

"아닙니다. 본래 목적이 화약도 화약이지만 나리를 호종하고자 따라온 것이니 나리가 가시는 곳이면 끝까지 따라가야지요."

정민은 마지막으로 오저군에게 물었다. 혹여 모를 사태에 김정명과 다르발지, 그리고 별로 중요하지는 않게 생각되었지만 조인영까지 수습하여 안전한 곳으로 데려가 줄 사람으로 믿을 수 있는 것은 아무래도 오저군 정도였다.

정민은 만약 오저군이 원한다면 요양에 남길 생각이었으나, 막상 오저군 본인의 생각이 그렇지 않았다.

"그래도 위험할 수 있을 텐데……."

"제가 일전에 처음 나리를 뵈었을 때 했던 말 기억하십니까? 소인이 보기에 나리께서는 군주의 상을 타고 나셨습니다. 그리고 이번 요양에서의 일들을 겪으며 소인은 나리께서 보통 분이 아니라는 것을 깨달았습니다. 시세의 기운이 나리를 받들어 올리고 있으니 소인은 그 곁에서 있기만 하더라도 큰 복이고 행운이지요. 하늘이 점지한 자를 하늘이 다시 죽이는 일은 없으니 저는 안심하고 나리를 따라갑니다."

"그런 괜한 소리는 하지 마시게. 누가 들을까 두렵네."

기분이 나쁘다면 거짓말이지만, 정민은 애초에 그런 미신적인 내용들에는 신뢰가 가지 않았다. 사람이 나이가 들면 주로 쓰는 표정들 때문에 얼굴에 흔적이 남을 수는 있었다.

그래도 관상학 같은 것은 비과학적이고 증명되는 것이 애초에 아무것도 없었다.

그런 내용으로 왕의 상이라고 치켜세워져도, 정민으로서는 그런 초자연적인 기운이 자기를 둘러싸고 지켜 주고 있다고는 믿을 수 없는 것이다. 그러나 오저군은 그런 믿음이 철썩 같은 모양이었다.

"갈왕 전하께서 황값은 제대로 갚아 주셨으니, 이 돈으로 중도든 개봉이든 가서 사 올 만한 것이 있는지 살펴볼 생각입니다."

"이제 화약에 대한 생각은 그만두었는가?"

"그럴 리 있겠습니까. 어찌 된 일인지 이석 님으로부터도 언질을 받았는데, 재료들 가운데 초석이 가장 중요한 것이라 하시더군요. 나중에 고려로 돌아가면 한 번 다시 시도를 해 보고자 합니다."

오저군의 말을 듣고선 정민도 조금 의외였다. 그 깐깐하고 바늘로 찔러도 눈물 한 방울 흘릴 것 같지 않게 생긴 이석이 화약의 제법 하나를 알려 주었다니 놀라울 일이었다. 물론 그로서도 그 정도로 화약을 단시일에 만들어 낼 것이라고 생각하지 않고, 그저 생색을 낼 겸 일러 주었을 것이다.

그러나 정민은 나름의 떠오르는 생각이 있었다.

"돌아가거든 황, 초석, 숯의 배합을 각기 다르게 하여 하나씩 시험을 해 보시게. 그 가운데에서도 초석의 비율차를 잘 고려를 해야 할 것이야."

"무언가 아시는 것이 있으십니까?"

"아닐세. 그냥 예컨대 황을 1할, 초석을 1할, 숯을 8할을 넣고 제조를 해 본 다음에 불을 당겨 보고, 그 반응을 기록하여 둔 다음에, 다음에는 황을 1할, 초석을 2할, 숯을 7할을 넣고 다시 그 반응을 기록하고, 이런 식으로 하여 최적의 제법을 얻어 낼 수 있지 않을까 해서 하는 말일세. 조금씩 배합을 바꿔 가며 기록을 해 두면 결국에는 가장 쓸 만한 지점이 어디인지 알 수 있을 것이고, 그 뒤로는 거기에 맞추어 화약을 제조하면 될 것이 아닌가?"

아주 단순한 귀납적 연구 방식이었다.

다양한 조건 하에서 여러 번 실험을 하여 각각의 자료

를 모으는 과정은 지루하고 의미가 없어 보이지만, 실질
적으로 각 시료의 비율이 달라짐에 따라 어떻게 반응이
달라지는가를 추정할 수 있게 된다.

자료가 쌓이게 되면 비단 지금 필요한 수준의 화약만
만드는 것이 아니라, 목적에 따라서 폭발의 강도를 조절
하여 화약을 제조할 수 있게 될지도 모르는 일이다.

"유념하고 있겠습니다."

"일단은 그 일들은 고려에 돌아가서 처리하도록 하
세."

정민의 말에 오저군은 읍을 하고 물러갔다. 정민은 이
번에는 불편한 몸을 이끌고 나와 있는 김정명에게로 시
선을 돌렸다.

"김 형께서는 부디 몸조리를 잘하고 계시오."

"중도에는 따라가지 못해 아쉽게 되었소만, 내가 죽고
병들면 그 구경도 다 무슨 소용인가 싶소. 잘 쉬고 있을
터이니 부디 정 형도 몸 성히 돌아오시오. 금나라 이곳
이, 성 밖으로만 나가면 도적떼가 창궐하는 아주 몹쓸 땅
이더이다."

김정명은 자신이 어떤 사건에 휘말려서 다치게 되었는
지는 잘 알지 못했다.

정민도 괜히 복잡한 사정을 일일이 밝힐 생각이 없었다. 그저 연회에 초대 받아 가다가 도적떼를 만났다고 생각하는 것이 훨씬 속이 편할 일이었다.

일찌감치 화살을 맞고 의식 없이 쓰러져 있던 것이, 김정명에게는 오히려 다행일지 모를 일이다.

"아쉽지만 이제는 슬슬 출발해 보아야겠소."

정민은 다시 다르발지를 돌아보며 말했다. 그녀의 애써 덤덤한 표정에 부구가샤에서 헤어질 때의 기억이 어쩐지 겹쳐 보였다. 미안한 마음에 그는 다르발지를 다시 끌어안으며 귓가에 대고 말했다.

"금방 돌아오리다. 돌아오면 함께 고려로 갑시다."

"예, 상공. 무사히 다녀오셔요. 소첩은 그것밖에는 바라는 것이 따로 없습니다."

다르발지가 정민의 손을 잡고서 놓아 주지를 못했다. 애써 떨어지지 않는 발걸음이었지만, 이제 요양 서문을 나서서 다시 서남쪽으로 겨울 들판을 헤쳐 나아가야만 했다.

"출발하라는 예빈경의 명이시오!"

대열의 앞에서 외치는 소리가 들려왔다. 최유청이 슬슬 사절단이 출발하라 명을 내린 모양이었다.

"가 보겠소. 잘 지내고 있으시오."

정민은 아쉬운 마음을 여기에 내려 두고, 말에 몸을 태웠다.

동경 요양부의 서문이 활짝 열리고, 그 사건이 있던 날 밤에는 아무것도 보이지 않았던 어두운 황야(荒野)가 서쪽으로 멀리도 펼쳐져 있는 것이 보였다.

초겨울의 차가운 삭풍(朔風)이 땅바닥을 얼려 놓았고, 들판은 끝도 없이 지평선을 향해 곧게 뻗어 있었다.

중도(中都) 대흥부(大興府)—예전에는 연경(燕京)이라고도 불리었던 이곳은 당대 금의 황제인 완안량에 의해 국도(國都)로 그 위상이 드높여지고 이름 또한 그 격에 맞게 고쳐져 중도가 되었다.

황제 완안량은 이곳의 오래된 가옥들과 더러 있는 거란, 여진 풍의 건물들을 철거하고 그 위에 당송(唐宋) 풍의 화려한 궁전과 누각들을 지었으며, 사방 산물을 조세로 거두어 중도의 대창(大倉, 큰 창고)에 쌓아 놓고 밤낮으로 그것들을 즐기며 맛보고 노래했다.

물론 아무리 완안량이 폭군이라고는 하나, 기본적인 사고가 되지 않는 사람은 아니었다.

일단 자기 스스로 황제의 지위를 찬탈하여 자기 것으로 만든 자였다.

그의 천도(遷都)에는 보다 속 깊은 계산이 깔려 있기도 했는데, 첫째로는 여전히 발언권이 만만찮은 여진귀족들로부터 멀어지기 위해서요, 둘째로는 수도를 국토의 중심으로 끌어와 통치를 용이하게 하고, 장기적으로는 남정(南征)을 준비하기 위해서였다.

중도는 유목민의 세계와 농경민의 세계가 분리되고 교차하는 바로 그 지점에 서 있는 도시였다. 완안량은 나름대로 이곳으로 도읍을 옮김으로써 그 도읍에다가 자신이 지배하는 하나의 제국을 구현하고자 했던 것이다.

완안량의 치세 내내 동안 중도에는 공사가 이어졌지만, 그럼에도 불구하고 아직 미흡한 점이 만만치 않았다.

이제 슬슬 완안량은 중도에도 조금씩 질려 가고 있었다. 애초에 완안량이 남송, 서하, 고려를 한데 손에 넣게 된다면 나라의 도읍으로 다시 삼으리라 마음에 먹고 있던 것은 북송의 도읍 변량(汴梁)이었다. 정강의 변 이후로 금나라는 이곳을 변경(汴京)이라 이름 고쳤다가 다시 완안량의 등극 이후, 남경(南京) 개봉부(開封府)라 이름을 하고 중도에 이은 부(副) 도읍으로 삼았었다.

그러나 완안량은 막상 남경 개봉부까지 순행할 일이 없었는데, 중도에서 내부의 적들을 찍어 누르고, 여인을 겁탈하고, 신하들을 굴욕 주는 것만으로도 시간이 모자랐기 때문이다.

그러나 기왕에 남정(南征)의 준비가 다 되어 가는 지금, 완안량은 그 전선을 지휘하기 위해 슬슬 몸을 옮길 준비를 하고 있었다.

"짐이 옛날에 양왕(樑王)의 군대를 따를 적에, 남경의 풍토(風土)를 즐겼기에, 황제의 자리에 오른 뒤에도 늘 순행(巡幸)하고픈 마음이 있었다. 이제야 겨울을 따듯한 남경에서 지낼 기회가 되었기에, 여러 나라의 사절들을 그곳에서 두루 맞이하고자 하니, 제신들은 남경으로의 순행 준비를 하도록 하고, 입경(入京)하는 사절들은 남경으로 인도케 하라."

10월 초하루, 완안량은 갑작스럽게 대전에 신료들을 모아 놓고 남경으로 행차하겠다고 그냥 선언을 해 버렸다.

아직 신년을 축하하는 하정단사(賀正旦使)가 출발하지 않았을 서하나 남송에는 그리 알리면 될 일이지만, 이미 요양을 지났다는 고려 사절단은 중도에서 멈추지 않고 또 변경까지 내려와야 하게 된 셈이었다.

그러나 조정신료들 가운데 그러한 일에 신경을 쓰는 사람은 아무도 없었다. 임금과 마찬가지로 그들 또한 곧 있을 남정에 신경이 곤두서 있었다. 황제의 닦달을 피하기 위해서라도 그것에 가장 모든 일의 우선이 되어야만 했다.

"아마 송나라 임금은 우리가 하정단사를 보내고, 그들의 하정단사를 받음으로써 올해는 아무런 일도 없으리라 안심을 할 것이다. 짐이 직접 개봉에 가서 그들 사절단을 안심시키고, 성중의 군대를 비워 평화롭게 노래하고 악곡을 즐길 것이니, 그들이 돌아간 직후에 우리가 군세를 일으킬 것을 어찌 짐작이나 하겠느냐?"

완안량은 태평하게 생각하며 노래를 흥얼거렸다.

그로서는 다가올 내년이 기대되지 않을 수 없었다. 그간 준비에 준비를 거듭해 왔다가 이제야 남송을 치기 위한 군사를 내어 중원을 일통할 생각을 하니, 마음이 떨리고 잠을 이루지 못할 정도였다.

요양에서 고려 사신단이 몰살되지는 않고 다시 중도로 향하기 시작했다는 보고가 올라왔으나, 완안량에게 이미 그것은 크게 대수롭지 않은 문제였다.

고려 국왕은 이미 원병을 약속했으니, 보내 주면 그 병력을 남송과의 싸움의 가장 앞줄에 세워서 방패막이로 삼으면 될 것이오, 원병을 보내지 않는다면 그것을 구실 삼아 남송정벌이 끝난 다음에 고려를 징치(懲治)하면 될 것이다. 그리고 고려 사신이 한 명이라도 다쳤다면 동경 요양부의 책임자인 완안옹을 그러한 구실로 파면하거나 유배 보낼 수 있었다.

요양에서 벌어진 일의 내막을 알지 못하는 완안량으로서는 그저 자신의 입장에서는 일이 잘 마무리 되었다고 생각할 수밖에 없었다.

"열흘 뒤에는 남경으로 갈 수 있도록 모든 준비를 마치어라. 그리고 요양의 고존복에게는 갈왕에게 책임을 물려 그를 금고(禁錮)하여 유폐토록 하라. 그 빈자리에는 고존복의 벼슬을 올려 동경 유수로 명하도록 한다. 짐은 이제 남경으로 옮겨 가서 그곳에서 마지막으로 남정의 준비를 마무리 지으며, 고려 사절단이 바친 공녀나 품어 보아야겠다."

금 황제 완안량은 들뜬 기분으로 그렇게 지시를 내렸다.

금 조정의 신료들은 속으로는 혀를 끌끌 차면서도, 내심 다들 남정이 성공했을 시에 배분 받게 될 벼슬과 식읍, 그리고 계집과 재물들을 생각하면서 완안량의 결정을 칭송하기에 바빴다.

비록 회수(淮水)를 경계로 하여 화북만 차지한 금나라였으나, 언제고 남쪽으로 피해 간 송나라는 꺼꾸러트릴 수 있다는 묘한 자신감이 늘 있어 왔다. 그동안에는 내치를 다지는 데에 집중하여 수십 년을 보내 왔으나, 언젠가는 남송을 치고 서하와 고려 또한 징벌하여 중원을 일통하고 사해에 군림해야 한다는 것은 꼭 완안량의 망상인 것만은 아니었다.

그간 금과 송이 큰 충돌 없이 교착 상태를 유지한 것은 남송의 재상 진회(秦檜)의 덕이라 해도 과언이 아니었다.

그가 금나라의 남진을 막고자 화친을 주장하며 영토를 내주고, 남송 황제로 하여금 금에 신하의 예를 취하며, 매년 은 25만 냥과 비단 25만 필을 바친다는 굴욕적인 조건을 감내해 가며 금나라와의 화친을 도모했기 때문이었다.

전쟁을 계속 수행하느니 이쯤에서 압도적으로 좋은 조건을 받아들이기로 한 금나라는, 진회가 살아 있는 동안에는 그다지 국경에서 분란을 일으키지 않았다.

그러나 진회는 이제 죽고 없고, 송나라에서는 다시 적대적인 기운이 꿈틀대고 있으며, 당금의 금 황제는 광기가 있는 완안량이었다. 이러한 상황에서 다시 전쟁이 발발하는 것은 시간문제였다.

쿄토의 분위기는 삼엄했었다. 김유회는 며칠간을 바깥으로 나가지 못한 채로 타이라노 키요모리의 관저인 로쿠하라(六波羅)에 머물면서 집 밖으로 번져 나가는 불과 고함소리들, 그리고 말들이 시가를 휘젓고 다니는 소리에 숨을 죽이고 있었다.

"이제 거의 끝났다고 보아도 좋소."

어느 날, 피로 칠갑을 한 채로 관저로 돌아온 타이라노 키요모리의 이복동생 타이라노 츠네모리(平經盛)이 김유회에게 바깥의 사정을 전해 주었다.

타이라노 키요모리는 도성의 동란을 안정시키고, 수괴인 후지와라노 노부요리를 잡아들인 모양이었다. 그는 애써 자신을 변호하였으나, 결국 신제를 살해한 죄와 천황 및 상황을 유폐시키고 겁박한 죄가 붙어서 결국에는 처형을 당하고 말았다.

"도성 내의 반란 세력들은 이제 일소되었으니, 남은 것은 탈출하여 도망간 미나모토노 요시토모를 어떻게든 잡아서 주륙을 내는 것이오. 그의 군병들이 아니었더라면 애당초 이런 음모가 획책되지도 않았을 것이와."

김유회는 잘 알지 못하는 일본 정치에 관여된 인물들의 이름을 지난 며칠간 수도 없이 들어 왔다.

이제는 대략적인 구도가 파악되기는 했다. 어찌 되었든 상황과 지금의 천황 사이에 누가 정사를 행할 것이냐 하는 데에서 갈등이 있었고, 그것과는 별개로 실제로 권력을 누리고 있던 신제라는 자를 몰아내는 데에 두 정파 모두 의견이 일치되어 있었다는 것이다.

이러한 상황을 읽고 타이라노 키요모리는 중립적인 처신을 해 왔으나, 상황이 등용했던 후지와라노 노부요리는 그 분위기를 다르게 읽고 기회라고 여겨서 반란을 도모한 모양이었다.

이 와중에 타이라 가문과 마찬가지로 무가 출신으로 조정에 나와 있었던 미나모토 가문은, 타이라 가문을 무너뜨리고 자신들이 무력을 독점하기 위한 방편으로 후지와라노 노부요리에게 기탁하여 병력을 제공한 것이다.

이제 일이 벌어졌으니, 타이라노 키요모리가 선택할 수단은 자명했다. 그는 중립을 버리고, 천황파와 결탁하여 도성에서 후지와라노 노부요리와 미나모토 가문을 제압하는 데 지난 며칠간 진력을 다해 온 것이었다.

'시기 한번 참 좋지 않게 들어왔구먼.'

김유회는 자신이 운이 없다고 생각했다.

매번 하카타까지만 오고 가다가, 타이라노 키요모리의 초청을 받아 일본의 도읍이라는 쿄토까지 와 보았더니, 결국에는 유람은 고사하고 전화통에 휘말려서 불안에 떨며 며칠을 보냈던 것이다.

그러나 그럼에도 불구하고 큰 일 없이, 자신의 거래처인 타이라 가문(헤이지, 平氏)이 승기를 잡고 쿄토의 위난을 평정했다는 것이 그나마의 안심이 되는 일이었다.

이튿날이 되어서, 쿄토 성내에서의 합전(合戰)이 완전히 끝난 것이 공표되었고, 이에 따라 진압에 공이 있는 자들에 대한 상은이 주어지게 되었다.

타이라 가문의 사람들도, 타이라노 키요모리의 형제들인 요리모리(賴盛), 츠네모리(經盛)에게 각각 오와리(尾張), 이가(伊賀)의 카미(守, 지방의 태수)의 자리가 수여되었으며, 키요모리의 아들들인 시게모리(重盛)는 이요(伊子)의 카미, 무네모리(宗盛)에게는 토토우미(遠江)의 카미가 제수되었다. 더불어 이번 반란에서 상황파, 천황파 할 것 없이 신제를 타도한다는 데에 목적을 두고 가담을 했던 자들은 모두 정치에서 축출되었다.

그리고 이틀 뒤, 타이라노 키요모리는 드디어 자기 집으로 돌아와서 축하연을 벌이고 사람들을 위문했다.

김유회도 물론 그 자리에 끼어 있었다. 자신은 아무런 한 것이 없다고 생각했기에, 그는 그 자리가 불편했으나, 타이라노 키요모리는 그의 궁마(弓馬)가 전란에서 잘 활약했다고 하면서 치하를 했다.

"이제 겨우 한 보가 남았소. 미나모토 가문을 완전히 밀어내고, 천황과 법황(法皇, 상황) 사이의 알력을 이용해 내가 조정의 정사에 끼치는 영향을 극대화할 수 있소. 그때가 되면 나는 쿄토에 가까운 곳에 새로운 항구를 조성하여 고려나 송의 선박이 그곳까지 드나들게 할 생각이오. 하카타는 도읍으로부터 너무 머니, 도성 바로 앞에서 큰 무역항을 열 수 있다면 분명히 그만큼의 이득이 더 남을 것이오. 고려에서도 듣자하니 도읍에서 머잖은 곳에 항구가 있어 사송상(宋商)들이 드나든다 하던데?"

"그렇습니다. 예전에 비해 쇠락했다고는 하나 여전히 나라 제일가는 항구이지요."

"내 꿈이 바로 그러한 자유롭게 거래할 수 있는 포구를 만들어 그곳에서 나는 물자로 나라의 국력을 높이고 백성의 삶을 찌우는 것이오. 그때가 되면 그대의 주인에게 건의하여 우리와의 거래를 더 키우겠다고 해 주시오. 내 섭섭지 않게 우대를 해 주리다."

타이라노 키요모리의 말만 들으면 당연히 아쉬울 것이 없는 조건이었다. 그러나 이것은 아직까지 어떻게 될지 모르는 일이었다. 상인으로서의 김유회는 나중의 보상도 좋지만, 지금 타이라노 키요모리가 어떤 것을 줄 것인가가 중요했다.

"내게 공급하여 준 활과 말로 싸움에서 크게 이길 수 있었으니, 이번에 그 고마움을 표하고자 금과 은을 더하여 넣었소. 또한 앞으로 하카타에 연중으로 언제나 원할 때에 입항하고 신고 없이 거래를 할 수 있는 권한을 증명하는 서류도 써 주리다. 다만 조건은 그곳에서 내가 대리

하는 사람과만 거래를 하라는 것이오. 물론 필요한 물건은 얼마든지 일본 전역을 뒤져서라도 내 구해다 줄 것이오, 또 값도 합리적으로 거래를 할 것이오. 장사라는 것이 상호 신의이니 그쪽에서도 그런 성의를 보여 줄 것이라 믿겠소."

"여부가 있겠습니까. 이런 권리를 주시니 더더욱 감사하고 믿고 따를 뿐이지요. 앞으로도 여진마를 계속해서 공급해 드리오리이까?"

김유회의 물음에 타이라노 키요모리는 크게 고개를 주억거렸다. 아마도 권력을 유지하기 위해서는 지금보다 더 강고한 병력과 물자가 필요할 터였다. 좋은 품질의 말이 많이 들어와서 나쁠 것은 없었다.

"그렇게 해 주시면 고맙겠소. 그런데 수말만 말고 이제 암말도 같이 보내 줄 수는 없소?"

"저희도 그렇게 하고 싶으나, 애초에 여진인들이 암말은 넘기지를 않습니다."

암수를 들여와 새끼를 쳐서 재생산을 한다면, 종래에는 여진마를 굳이 비싸게 사서 올 필요가 없게 된다. 지속적으로 말을 팔아 넘겨야 하는 만큼, 김유회는 조심스럽게 거짓말을 했다.

사실 이미 상단에서 운영하는 목장에서는 암말들도 기르고 있었다.

그러나 그런 영업 기밀까지 다 까발려 가면서 타이라노 키요모리를 즐겁게 해 줄 의무까지는 없었다. 더불어 이것은 뜻하지 않게 난리 통에 휘말리게 한 타이라노 키요모리에 대한 김유회의 소심한 복수였다.

"그런가. 나중에 혹시 암말을 더러 구하게 되거든 꼭 보내 주어야 하네."

"알겠습니다. 한 번 알아보도록 하겠나이다."

김유회는 마음에도 없는 소리를 하고서, 타이라노 키요모리와의 대화에서 물러갔다. 정변을 끝낸 날이다 보니, 김유회가 아니라도 그가 이야기를 나누어야 할 상대는 수도 없이 많은 노릇이었다.

타이라노 키요모리의 사저인 로쿠하라는 안뜰까지 사람들이 빽빽이 들어차서 노래하고 술을 마시며 승리를 축하하고 있었다.

김유회도 고려 상인들과 더불어 앉아서 술을 들이키며 그의 승전을 축하했다. 손을 잡고 있는 자가 일본에서 큰 권력을 쥐게 되었으니 이제는 거래 규모도 더불어 커지고, 상단 내에서 자기 입지도 좀 더 단단하게 구축할 수 있게 되었다는 것에 안심이 되었다.

지금쯤 금나라에 가 있을 정민에게 이러한 사실을 보고할 때 얼마나 그가 놀라며 좋아할지를 생각하며 김유회는 만족스럽게 술을 입에 머금었다.

❖　❖　❖

정서의 아버지, 정민의 할아버지가 되는 정항(鄭沆)은 딸들 가운데 둘을 각기 최유청과 김이영(金貽永)에게 시집을 보냈다. 물론 이러한 혼인관계는 정치적 고려가 있는 것이었다.

최유청의 집안은 동주(東州, 現 강원도 철원군) 최 씨로, 최유청의 6대조인 최준옹(崔俊邕)은 태조 왕건을 도아 고려를 창업하는 데 일조한 개국공신으로 뼈대 있는 집안이었다.

최유청의 아버지 최석(崔奭) 또한 장원으로 과거를 급제하여 높은 관직에 두루 출사한 명망 있는 사람이었다.

김이영의 경우도 마찬가지였다. 김이영 자신은 엄청나게 대단한 기재를 가진 인물은 아니었으나, 그 누이가 선왕의 후비인 연수궁주였으며, 숙부가 동경유수 김자양이었다. 그 또한 자연스럽게 어린 나이에 관직에 진출하여 집안의 힘을 업고 승승장구하고 있었다.

이렇게 두 사람은 정서의 누이들과 혼인을 맺었고, 정서는 태후의 동생을 아내로 맞아들였으므로, 이 집안들은 자연스럽게 임 태후의 주위에서 세력을 얻게 되었고, 그 결과 암묵적으로 대령후를 왕위계승자로 지지했던 것이다.

그러나 지금의 임금이 즉위한 이후로 그러한 지지를 드러낸 바 없음에도 외척과 왕위계승의 위협자를 몰아낸다는 임금의 뜻이 결국에는 이들로 하여금 파직과 체직(遞職), 그리고 유배를 당하게 만들었던 것이다.

어렵사리 김돈중의 도움 등으로 인하여 이들은 이제 모두 복권이 되어 개경에 다시 상경하였으나, 세력은 예전 같지 않았고, 정치적 위협에 노출되어 있다는 사실을 실감하고 있었다.

최유청은 갑자기 위험한 사행길의 책임자로 금나라로 가게 되었으며, 그 자리에는 정서의 아들인 정민도 끼어 있었다. 김이영은 개경으로 복권되었으나 벼슬길을 나아가는 것이 예전만큼 높은 직위가 아니었으며, 아들들은 모두 군적(軍籍)을 담당하는 등의 말직만이 주어졌다.

정서는 이러한 상황이 비단 우연적인 것이 아니라, 계획적으로 자신들을 말살하기 위해 조여 오는 큰 구상의 일부라는 사실을 직감하고 있었다.

아마 그 가운데에는 최포칭이 있을 가능성이 높았다.

그렇다면 언젠가는 닥쳐 오게 될 그 위기에 대비를 최대한 해 놓는 것만이 그들이 살아날 길이었다. 그리고 그를 위해서는 정중부는 반드시 포섭해야 할 자였다.

정중부(鄭仲夫)—고려에서 가장 명망이 높은 무신 가운데 하나를 꼽자면 그의 이름이 들어가야만 할 것이다. 그는 본래 해주(海州, 現 황해도 해주시) 사람으로, 그 모습이 매우 헌걸차고 눈동자는 네모지며, 이마가 넓어 귀인(貴人) 무골(武骨)의 상이었다.

피부가 맑고 수염은 아름다운데다가 신장이 7척이 넘어 가히 관운장(關雲長)과 같은 기품이 있었다.

그는 당초에 해주에서 군적에 올라갔으며, 두 팔이 봉비(封臂)된 채로 개경으로 보내졌다. 봉비라는 것은 팔을 뒤로 단단히 묶은 다음 어떠한 사유로 길을 간다는 종이를 붙여 식사와 침식을 해결하게 하는 것인데, 팔이 아파서 빨리 달려 목적지로 가게 하려는 목적으로 고안된 방법이었다. 정중부는 잠을 거르고 하루 밤낮에 해주에서 개경까지 달려갈 정도로 체력이 좋았다.

당시 군사를 선발하던 무관 최홍재(崔弘宰)가 이렇게 범상치 않은 정중부의 풍모를 보고서는 묶은 것을 풀어 주면서 위무를 한 다음 금군(禁軍) 가운데 하나인 응양군으로 보냈다. 나중에는 견룡군으로 보내져서 그곳에서 견룡대정(牽龍隊正)의 자리까지 오르는 등 출세를 거듭했다.

이즈음에 아직 관직에는 출사하지 않고 내시(內侍)로 국왕을 근시하던 김돈중이 섣달그믐 나례(儺禮)에서 잡기(雜技) 연회를 노는 와중에 정중부의 수염을 불태우는 일이 있었다.

정중부는 매우 격분하여 김돈중에게 욕을 주자 김돈중의 부친인 김부식(金富軾)이 도로 분개하여 정중부를 매질하려 했다. 선왕(先王) 인종(仁宗)은 정중부를 그간 기특하게 보아 왔기에 도망칠 수 있도록 배려해 주었다. 다행히 매질은 겪지 않았으나 이 뒤로 정중부는 동경 김씨 일가, 특히 김돈중에 대해서는 크게 앙심을 품게 되었다.

현 임금의 즉위 시에 정중부는 직분이 교위(校尉)였으나, 이후 승진을 거듭하여, 관직이 점차 높게 나아가서 지금은 견룡군 상장군(上將軍)까지 오르게 되어 있었다.

국왕을 가장 최측근에서 섬기는 견룡군의 지휘관이자, 이래저래 군내에서는 인망이 두터운 사람이라, 그의 말 한마디로 고려군이 좌우된다고 할 정도의 위세가 있었다.

그러나 이즈음에 이르러 임금은 주색에 빠져서 정사는 내팽겨 치고 무절제한 생활을 계속했으며, 명승지를 두루 유람하느라 견룡군이니 응양군을 이끌고 다니며 피곤하게 호종을 시켰는데, 수레에서 이동하는 동안 푹 쉬다가 명승지에 당도하면 수레를 멈추게 하고 시를 읊곤 하면서 무작정 노지에서 대기시키는 일도 다반사였다.

그러나 이군(二軍, 응양군과 견룡군)에 대한 대접은 예전 같지 못했고, 무반들의 벼슬길은 막혀 있었으며, 점차 왕의 어여쁨을 사면서 출세한 백선연, 한뢰(韓賴)와 같은 이들까지 이들을 멸시하고 모욕 주기가 빈번해지자, 슬슬 견룡군 내부에서는 불만이 터져 나오기 시작하고 있었다.

정중부는 혹여 이런 말이 새어 나가 경을 칠까 두려워 입단속을 시키고는 있었으나, 속마음은 그 또한 매한가지라고 해도 과언은 아니었다.

이러한 와중에 권력에서 밀려난 김이영과, 문관들에게

밀려 높은 품계에 이르렀음에도 무신이라는 이유로 딱지 붙여져 박대를 당하는 정중부 간의 묘한 이해관계가 있어 두 집안이 사돈을 맺게 되었다.

그리고 그러한 와중에 견룡군 내부에는 정서와 연이 닿아 있는 이의민이 점차 성장을 하고 있었다. 김이영과 이의민으로부터 번갈아 정서가 만나고자 한다는 청이 들어오자 정중부는 못내 이 만남을 허락했다.

"나는 원래 김돈중과 어울린 자들은 다 한패로 보고 사람 취급을 하지 않소. 내 그래서 정 공도 만나 뵈지 않으려고 했소이다. 그런데 주위에서 대단한 군자라 상찬(賞讚)이 자자하여 이 무거운 몸을 일으켜 만나 뵈러 왔소."

정중부는 시작부터 살짝 삐딱하게 나왔다.

그러나 정서는 그럴 것을 예상하고 있었던지라 태연하게 유자청을 풀어 따뜻하게 데운 유자차를 한 잔 권했다.

"날씨가 슬슬 찹니다. 뜨뜻한 단차로 몸을 좀 보양하시는 것이 어떻소?"

"흠……."

정중부는 호골(虎骨)답게 막 데워서 뜨거운 차를 단숨에 잔의 반이나 비웠다. 그는 식도로 넘어가는 뜨거운 느낌에 눈살을 살짝 찌푸렸으나, 이제 단맛이 입에 도는 것을 느끼고서는 잠시 맛을 즐겼다.

"나는 천상무골이라 이러한 다도나 예법은 잘 모르고, 차는 써서 입에 대질 않소만, 이것은 맛이 좋구려. 내 유자청이 요즘 도성 내에서 인기라고는 들었으나 사치라고 생각하여 집안 가솔들에게도 사 마시지 못하도록 했었는데, 오늘 맛을 보니 좋아서 집안에도 좀 들여놓아야겠소."

"그리 말씀해 주시니 고맙소이다."

"그러고 보니 귀댁에서 이 유자청을 상단을 통해서 파는 것이었구려."

"과하지 않을 정도로 집안 재정에 보탬이 되오이다."

"흐음……."

"돌아가시는 길에 넉넉히 챙겨 드릴 터이니 집에서 마음껏 자시지요."

"고맙소."

정중부는 잠시 고민을 하더니 고개를 끄덕였다.

그는 일단 유자청은 차치하고, 정서의 자신을 존중해 주는 태도에 살짝 기분이 좋아져 있는 상태였다.

실상 정서와 비슷한 정중부의 나이도 나이거니와, 그

가 상장군으로 품계가 정삼품에 이르렀기에 사실 정서가
서로를 존중해 주는 것이 도리 상 옳았다.

그러나 고려에서는 문관이 무관을 대할 때는 그러한
품계와 나이가 슬쩍 무시되는 경우가 많았다. 그러다 보
니 정중부는 나름 명문대가의 당주로 지금은 조정에서
다시 사품직까지 올라가 있는 정서가 반공대를 해 주는
것이 마음 한쪽에서 당연하다고 생각하면서도 고마웠던
것이다.

"당초에 내 김돈중과 한패라 생각해서 공에 대해서 만
날 생각을 하지 못하고 있었소만."

"그런 말씀은 하지 마십시오. 필요로 인하여 김돈중과
일시적으로 협력을 하고 있으나 이것이 언제까지 유지될
지는 알 수 없는 일이외다. 나도 나대로 그와는 언젠가
벌어질 것을 생각하고 있으니 나와 그를 같은 무리로 보
실 필요는 없소."

정중부는 정서의 말에 고개를 끄덕였다.

물론 정서가 이렇게 대놓고 김돈중과 언제는 갈라서게
될 것이라고 말하는 것은, 정중부가 세상에서 소문날 정
도로 김돈중을 멸시하고 싫어하는 사람이었기 때문이었
다.

혹자는 젊은 날의 치기로 시비가 붙었던 것을 수십 년
이 지나고서도 잊지 않느냐고 타박할지 모를 일이나, 정
중부가 진정으로 김돈중을 증오하게 된 것은 그의 수염
을 태웠기 때문이 아니라, 자기가 잘못했던 일을 권세가
있는 아비의 힘을 빌려 정중부를 탄압해서 해결하려 했
던 것 때문이었다.

아직도 김부식 김돈중 부자의 그 시절 얼굴을 생각하
면서 잠을 못 이룰 때가 많은 정중부였다.

"그럼 한 번 이야기나 들어 봅시다. 나를 대관절 오늘
이곳까지 초청하신 이유가 뭐요?"

"무슨 이유가 따로 있겠소이까. 그저 정 장군이 풍채
가 훌륭하고 기골이 있으신 분이라 들어 그저 차 한잔에
담소나 나누어 볼까 해서였지요."

"그런 이유로 여러 쪽으로 나에게 압박을 넣으셨소?
이의민이고 사돈 김이영 댁이고 내게 정 공의 이야기를
해 대는 통에 내가 결국에는 이리 나오지 않을 수 없게
되었소이다."

"그렇게라도 하지 않으면 김돈중의 패거리로 보인 나
를 만나러 나오지 않으셨지 않겠소이까?"

"그것도 그렇소만."

정중부는 살짝 놀아나는 느낌이 든다고 생각하면서, 역시 문신과는 말로 장난을 치는 것이 아니라고 마음속으로 되새겼다.

그러나 정서에게서 풍기는 느낌이 나쁘지는 않아 불쾌하거나 하지는 않았다. 적어도 따뜻한 유자청과 김돈중과는 언제고 벌어질 사이라는 말이 그의 입과 귀를 즐겁게는 해 주었기 때문일 것이다.

"그런데 중랑장 이의민과는 어떻게 그리 연이 깊어지셨소?"

"그가 동경에서 부랑할 때 아들놈이 잘 봐 주었다고 들었소이다."

"성품이 올곧지는 않은 자요. 물론 그 나름의 쓸모가 있겠소이다만……."

정중부는 과히 이의민에 대해서 그리 좋게 보지는 않고 있는 모양이었다.

그도 그럴 것이 이의민은 윗사람을 대할 때 예의와 격식을 차리고, 남의 말에 귀를 기울이는 처세술이 있는 자는 아니었다.

"용력이 대단할뿐더러 시류는 볼 줄 아는 자외다. 그런 사람은 그 나름대로 난세에 가히 쓰일 용처가 있지요."

"예부시랑께서는 작금이 난세라고 보시오?"

정중부가 날카롭게 질문을 하고 들어왔다.

정서는 껄껄 웃으면서 그의 말을 두리뭉실 받아넘겼다.

"지금은 아니지만 곧 난세가 올지 누가 알겠습니까? 천기(天氣)라는 것이 쉬이 읽을 수 없는 것이지요."

"나는 지금이 난세인지는 모르겠으나, 태평성대는 아닌 것 같소."

불쑥 정중부는 본심을 드러냈다.

그의 얼굴에는 누구에게로 향하는 것인지 모를 불만이 가득 올라와 있었다.

그는 속으로 얼마 전 있었던 일을 떠올리고 있었다.

가을이 시작될 무렵, 임금은 인지재(仁智齋)로 잠시 거처를 옮겼었는데, 이때 법천사(法泉寺) 승려 각예(覺倪)가 달영원(獺嶺院)에서 어가를 영접했었다.

임금은 그곳에서 시를 짓고 놀겠다고 마음을 먹고서 하루 종일을 그 자리에서 움직이지를 않았다.

견룡군이 임금을 호종하여 따라갔었는데, 정중부는 이때 공손히 임금의 근신들에게 지금 출발하지 않으면 밤을 새서 나아가야 임금이 기거할 만한 곳에 다다를 수 있었다. 그런데 임금에게 넌지시 말씀을 여쭙는 것이 어떠냐고 했다가 한참 어리고 품계도 낮은 문관들에게 타박을 얻은 일이 있었다.

견룡군 모두가 지치고 피곤해서 다시 밤 동안 어가를 호종할 기력이 없었는데, 수레에 타서 편히 가는 자들이 이러한 곤경은 고려하지도 않고 도리어 임금을 호종하는 무관 주제에 무슨 불평불만을 하느냐고 질책을 해 대니 독기가 오르는 것도 당연한 일이었다.

"그렇지요. 지금이 요순(堯舜)의 시대는 아니지 않겠소이까. 오히려 풍파가 코앞까지 들이닥친 시절이지요."

"조정에서 임금의 성총을 흐리는 간신배들이 너무 넘쳐 나고 있소."

"그들이 난세를 불러왔다면, 우리는 마땅히 난세에 어울리게 처신해야 하지 않겠소이까?"

"……"

정중부는 잠시 생각에 잠긴 듯 말을 아꼈다. 정서는 그를 재촉하지 않고 다시 유자청을 개운 따뜻한 차를 그의 앞으로 내주었다. 정중부는 그 차가 식을 때까지 아무런 말이 없었다. 한참이 지나서야, 그는 묵직하게 닫혀 있던 입을 열었다.

"예부시랑과 내가 앞으로 해야 할 이야기가 많겠소. 오늘 불러 주셔서 고맙소이다."

정중부의 말에 정서는 옅은 웃음으로 대답을 대신했다. 처마에 달린 풍경소리만이 사랑방의 정적을 흔들고 있었다.

대하국(大夏國, phiow bjij lhjij lhjij) 중흥부(中興府, tshjow xjow xu).

다른 이름으로 서하(西夏)라고도 부르는 이 나라는, 금나라의 서쪽 사주지로(絲綢之路, 실크로드)의 사막길의 들고 나는 곳을 점유하고 있었다. 티베트계의 탕구트(tangut)인들이 옛 량주(凉州)의 영역을 차지하고 세운 나라로, 당대의 황제는 제5대 이인효(李仁孝)였다.

통치 20년 차에 접어드는 이인효의 치세 동안, 금나라와는 대개 우호관계를 지니고, 한족(漢族)을 정치 무대에 등용하여 문화를 중흥하는 평화기가 이어져 왔다. 국내의 여러 교육기관을 정비하고, 과거제도를 실시하는 동시에, 유교와 불교를 동시에 진흥하여 화합을 도모하였다. 더불어 한림학사원(翰林學士院) 따위도 설치하여 실록을 집편하는 등의 노력도 기울였다. 대체로 서하 황제 이인효의 치세 동안 나라는 안정되었고 물산은 풍부해졌다. 그러나 이인효에게도 처치곤란한 근심거리가 하나 있기는 했다.

이때에 서하 조정에 임득경(任得敬)이라는 대신이 하나 있었다. 그는 원래 송나라 서안주(西安州)의 통판(通判)이었는데, 1137년에 서하가 서안주를 공격하였을 때 병사들을 이끌고 송나라에 투항을 해 왔었다.

당대의 서하 황제였던 숭종(崇宗) 이건순(李乾順)이 임득경의 투항을 받아들이고 권지주사(權知州事)로 삼았다. 임득경은 서하에서 빠르게 적응하여, 그의 친딸을 궁중에 들여서 이건순의 비가 되게 하였을 뿐 아니라, 조정 각처에 크게 뇌물을 써서 그 딸이 결국에는 황후(皇后)의 자리에 앉을 수 있도록 압력을 넣었다.

임득경은 결국 황제의 장인이 되어서 정주도통군(靜州都統軍)의 자리까지 올랐다. 1139년에 숭종 이건순이 붕어하고 그 아들인 당대의 황제 이인효가 즉위하게 되었을 때, 임득경의 딸은 황제의 생모가 아님에도 불구하고 태후(太后)가 되어 궁중에서 여전히 영향력을 발휘하고 있었다.

이후 임득경은 하주(夏州)의 반란을 진압하여 서평공(西平公)의 지위까지 올랐으며, 결국에는 국상(國相)이라는 일인지하 만인지상의 자리까지 올랐다. 더불어 그 집안 전부가 크게 권력을 쥐게 되어, 그 동생인 임득총(任得聰)은 전전태위(殿前太尉)로, 임득공(任得恭)은 흥경부윤(興京府尹)의 자리에 올랐다.

이렇게 권세를 부리며 국정을 농단하던 임득경은 황제에게 압력을 넣어 결국 자신에게 초왕(楚王)의 작위를 봉하게 만들었는데, 왕작(王爵)까지 손에 쥐자 거만함이 하늘을 찔러 황제의 행차 시에 뒤를 따르지 않고 바로 옆에서 말을 타고 가는 지경에 이르렀다.

"진정 이대로 임득경의 전횡을 막을 수 없는 것인가……."

황제 이인효는 밤낮으로 그 걱정에 잠을 이룰 수가 없었다.

이대로라면 황제의 권위도 추락하고 임득경이 발호하여 사실상 나라를 제멋대로 통치하는 것조차 막기가 어렵다는 생각이 들었다. 그 정도로 임득경의 세력은 강고

했으며 조정 곳곳에 자기 사람을 심어 놓고 있었다.

'이 와중에 금나라에 사람을 보내라니. 아마 송나라를 칠 병력을 요구할 것이겠지? 그러나 나라 안의 군사를 내게 되면 임득경이 그 틈을 보아 발호하려 들 것이고, 혹여 이를 잘 다독이고 금나라에도 군병을 내어 보낸다고 하더라도 결국 송나라가 무너지면 다음은 우리 차례가 될 터인데?'

이인효는 이웃나라의 동향에 늘 촉각을 곤두세우고 있었다.

특히 예측 불가능한 완안량이 금나라 황제로 즉위한 뒤로는 더더욱 그랬다. 그리고 이미 금나라에 심어 놓은 간자들을 통해 완안량이 금명 간에 남송을 칠 준비를 하고 있다는 사실도 대충 짐작하고 있었다.

이러한 상황을 이인효는 어찌 다루어야 할지 밤낮으로 고민해 보았으나, 딱히 답이 없었다. 그나마 믿을 만한 신료를 금나라에 하정단사로 보내어 동향을 면밀히 살피고, 금나라 황제의 터무니없는 요구를 잘 막고서 올 필요가 있었다.

황제 스스로 신임할 수 있으면서, 그 정도 일을 수행할 수 있는 능력이 있는 자로 이인효의 머릿속에 떠오르는 것은 단 한 사람뿐이었다.

'야리웅뿐인가…….'

야리웅(野利雄, ji rjir xjow)은 야리(野利, ji rjir)씨족의 준재로서 올해로 나이 서른다섯이 되는 학사(學士)였다. 그러나 동시에 무예에도 조예가 있었다. 더불어 그 집안 또한 서하의 명문가들 가운데에서도 황후를 여러 번 배출했을 뿐만 아니라, 서하문자를 고안한 명재상인 야리인영(野利仁榮)의 바로 그 야리 씨였다.

핏줄이나 능력이나, 그 성품이나 무엇 하나 빠지지 않는 자였으나, 크게 관직에 욕심이 없었을 뿐만 아니라, 임득경의 경계 또한 잔뜩 사고 있었기에 정치에 관여하지 않고 유가전적의 서하어로의 번역을 하며 시간을 보내고 있었다.

그러나 이인효는 이번에는 그를 불러들여 반드시 하정단사로 금나라에 보내리라 마음을 먹었다. 지금처럼 중차대한 시기에 그 이상으로 믿고 일을 맡길 만한 사람이 없었다. 조정은 온통 임득경의 입김이 닿는 자들이 천지였고, 능력 또한 야리웅에게는 한참 못 미치는 자들뿐이었다.

"야리웅을 어서 사주로부터 불러오거라. 짐이 반드시

중히 나누어야 할 이야기가 있다고 해서 어떻게든 불러와야 할 것이다."

황제는 결심을 한 뒤에, 은밀히 임득경이 모르도록 사람을 불러 야리웅을 사주(沙州, sia tsjiw, 現 중국 간쑤성 둔황)로부터 불러오라 명을 내렸다. 명을 받은 장수는 그날 새벽 은밀히 중흥부의 성문을 열고 사막의 먼지 구름이 이는 가도를 달려 서쪽으로 향했다.

완안량의 어가가 남경으로 출발한 것은 음력 10월 10일의 일이었다. 쌍십(雙十)이 길일이라는 점복을 믿고서 일부러 날짜를 그리 맞춘 것이었다.

황제가 남경 개봉부로 출발한 그날 저녁, 고려의 사행단은 중도의 성문을 두드렸다. 그러나 그들을 맞이한 것은 황제의 접빈사(接賓使)가 아니라, 낮은 지위의 도위(都尉)였다.

이미 황제가 없는 도읍에 들어와서 그들은 객관에서 머물며 다시 남경개봉부로 갈 채비를 해야만 했다. 그리고 그 다음 날, 서하에서는 하정단사의 인선이 정해졌다.

왕토의아침

야리웅이 정사(正使)로 정해진 것이다.

남송에서도 금나라의 이상한 기류는 탐지하지 못한 채 화친을 도모코자 늘 보내던 하정단사를 이번에도 막대한 세폐(歲幣)와 함께 보내기로 했다.

악비(岳飛)가 땅에서 통곡을 할 노릇이었으나, 금나라 의 위협에 절절매는 남송으로서는 어쩔 수 없는 선택이 었다. 1161년의 새해가 밝아 오기 한 달 하고도 반, 금 나라 남경 개봉부로부터 동란(動亂)의 그림자가 드리워 지고 있었다.

〈『왕조의 아침』 제5권에서 계속〉

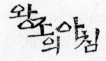

1판 1쇄 찍음 2015년 1월 8일
1판 1쇄 펴냄 2015년 1월 13일

지은이 | 김경록
펴낸이 | 정 필
펴낸곳 | 도서출판 **뿔미디어**

편집장 | 이재권
기획 · 편집 | 윤영상

출판등록 | 2002년 9월 11일 (제081-1-132호)
주소 | 경기도 부천시 원미구 소향로 17번길(두성프라자) 303호 (우)420-864
전화 | (032)651-6513 / 팩스 (032)651-6094
E-mail | bbulmedia@hanmail.net
홈페이지 | http:/bbulmedia.com

값 8,000원

ISBN 979-11-315-6202-4 04810
ISBN 979-11-315-3650-6 04810 (세트)